그자비에 드 메스트르(Xavier de Maistre, 1763~1852)
1763년 샹베리(오늘날 이탈리아와 스위스에 인접한 프랑스 사부아 지방의 주도)에서 태어났다. 조용하고 수줍음 많으며, 공상에 빠져 있길 좋아하는 아이였던 메스트르는 청소년기를 거치며 문학, 회화, 음악 등에 두루 깊은 관심을 나타냈고 자연과학 분야에도 왕성한 지적 호기심을 보였다. 그러나 혈기와 모험심도 못지않아 열여덟 살에 평생 직업 군인의 길로 들어섰고, 이후 몽골피에 형제가 발명한 열기구에 자원하여 올라가는가 하면, 목숨을 건 결투도 서슴지 않았다.
프랑스에서 고향 지방을 점령한 이후 귀향이 어려워진 그는 토리노에 머물다 1790년에 어떤 장교와 결투를 벌였고, 42일간의 가택연금형을 받았다. 방 안에서 보내는 무료한 시간을 달래고자 쓴 글이 바로 『내 방 여행하는 법』이다. 우연찮게 작가의 길로 들어선 그에게는 미술 쪽으로도 재능이 있어서 러시아군 장교로 상트페테르부르크에서 복무할 때는 화가로 활동하기도 했다.
일찍 아들을 잃고 아내마저 먼저 보낸 메스트르는 아내가 죽은 다음 해인 1852년 밤에 조용히 세상을 떠났다. 지은 책으로 『내 방 여행하는 법』, 『한밤중, 내 방 여행하는 법』, 『아오스타의 나병 환자』 등이 있다.

장석훈
학부에서는 철학과 불문학을 전공했고 대학원에서는 비교문학을 전공했다. 특히 예술철학, 중세 불문학, 문체 번역학 등에 관심을 두고 공부했다. 그간 영어 도서와 불어 도서 다 합쳐 100여 권의 책을 옮겼고, 두세 권의 책을 썼다. 한국예술종합학교와 현대문화센터 등에서 강의를 하기도 하였다. 지금은 제주에서 책을 기획하고 쓰고 옮기는 일을 하고 있다.

내 방 여행하는 법

내 방 여행하는 법

세상에서 가장 값싸고 알찬 여행을 위하여

그자비에 드 메스트르 지음

장석훈 옮김

XAVIER DE MAISTRE

옮긴이의 일러두기

- 본 번역서는 1796년 파리의 뒤파르 출판사에 간행된 판본을 가지고 번역되었다. 1794년 로잔에서 처음 출간된 판본과 동일한 것이다. 이후 여러 출판사에서 다양한 판본이 출간되는데, 판본에 따라 내용에서 조금씩 첨삭된 부분이 있다. 뒤파르 출판사의 영인본 텍스트는 프랑스 국립도서관 부속 전자도서관(gallica.bnf.fr)에서 누구나 내려받아 열람할 수 있다.
- 본 번역서에는 장마다 제목이 붙어 있다. 1794년 초판에는 장 제목이 따로 없고 후대 판본에서 첨가된 것이다. 몇몇 장 제목의 경우, 옮긴이가 다른 것으로 바꾸기도 했다.
- 본 번역서에는 다양한 삽화가 수록돼 있다. 역시나 1794년 초판에는 삽화가 없고 후대 판본에서 삽입된 것이다. 베시에M. Vessier와 들로르C.E. Delort의 판화를 주로 사용하였고, 옮긴이의 재량으로 다른 그림을 추가하기도 했다.
- 본 번역서의 주는 1887년 옥스퍼드의 클라렌던 출판사 판본에 수록된 주를 많이 참고하여 작성했다.
- 옮긴이는 2001년에 지호출판사에서 이 책을 국내 초역으로 출간한 적이 있다. 그러나 이번 번역은 거의 새로운 번역이라 할 만큼 기존 번역을 많이 고치고 다듬었다.

목차

1
발견의 서書

새로운 일●을 시작한다는 건, 그리하여 순간 반짝하고 나타난 천공의 혜성처럼 발견의 서書를 손에 들고 배웠다는 이들 앞에 나타나는 건 자랑스러운 일이 아닐 수 없다. 더는 이 책을 내 안에만 품고 있지 않으련다. 그러니 그대들이여, 예 있으니 읽어 주시기를! 나는 42일간의 내 방 여행을 떠났다가 돌아온 참이다. 이 여행에서 나는 흥미로운 것을 보았고 여정 내내 즐거웠으니 책으로 엮으면 어떨까 싶었다. 그럴 가치가 있다는 확신이 서자 결심을 굳혔다. 불행한 이들의 근심 걱정을 날려 버리고 그들의 고통을 어루만질 거리를 전할 수 있다 생각하니, 나는 형언할 길 없이 벅차다.

● 글을 쓰는 일을 말한다. 저자의 직업은 군인이었다.

VEYSSIER D. GUILLAUME S.

자신의 방을 여행하면 거기서 얻는 기쁨이 사람들의 성가신 질시에 잡칠 일도 없으며 무슨 대단한 경비가 들지도 않는다.

세상에서 벗어나 은둔할 골방조차 없는 비참한 처지의 사람들이라면 혹 모르겠으나 그런 골방만 있으면 우리 여행에 필요한 모든 게 다 갖춰진 셈이니 말이다.

어떤 성격과 기질을 타고났든, 양식이 있는 사람이라면 내 여행법에 이의를 달지 않을 것이다. 구두쇠건 헤프쟁이건, 가난뱅이건 부자건, 나이가 적건 많건, 열대지방 사람이건 극지방 사람이건 간에 양식이 있는 사람이라면 얼마든지 내가 했던 것과 같은 여행을 할 수 있다. 요컨대 이 땅에 모여 사는 수많은 사람 가운데, 특히 방에 죽치고 있는 이들 가운데, 이 책을 읽고 나서 내가 소개하는 새로운 여행법을 거부할 이는 단 한 명도 없으리라.

2
내 방 여행의 좋은 점

무엇보다 돈이 한 푼도 들지 않는다는 점을 이 여행의 미덕으로 꼽고 싶다. 눈여겨볼 대목이 아닐 수 없다. 넉넉지 못한 사람들은 그 점을 높이 치고 반길 것이다. 이뿐만 아니라 그들과 다른 부류에 속하지만 돈이 한 푼도 들지 않는다는 바로 그 점에 더 환호하는 이들이 있다. 그들이 누구냐고? 누구긴, 바로 부자들이다. 병약한 이들에게도 안성맞춤인 새로운 여행법이 아닐 수 없다. 날씨와 기후의 변덕을 걱정할 필요가 없다. 이 여행법은 소심한 사람에게도 좋은데, 도둑을 만날 걱정도 없고 낭떠러지나 웅덩이를 만날 걱정도 없기 때문이다. 여행이라면 감히 엄두도 낼 수 없었고 여건도 안 됐던 사람들, 아예 꿈도 꾸지 못했던 사람들, 그런 이들이 나를 보면서 여행할 마음을 낼 것이다. 행여 세상에서 가장 게으른 자가 있어, 번거로울 것도 없고 돈도 들지 않는 즐거움을 만끽하자는데도 나와 같이 떠나기를 망설이려나. 그러지 말고, 떠나자. 나와 함께 가자! 아픈 사랑과 무심한 우정에 홀로 방구석에 처박힌 그대여, 보잘것없는 헛된 세상사를 털어 버리고 떠나자! 슬프고, 아프고, 외로운 세상 모든 사람이여, 나와 함께 떠나자! 게으른 자여, 그대도 일어나 함께하자! 사랑의 배신을 겪고 모든 것을 버리고 세상과 담을 쌓으려는 음울한 생각으로 가득한 그대여, 밤의 상냥한 은둔자로 세상과 인연을 끊고 규방에 평생 틀어박힌 그대여, 그대들도 오라! 나를 믿고 그 음침한 상념을 떨치고 오라! 그렇게 해서 잃을 건 찰나의 지혜도 깃든 바 없는 순간의 쾌락뿐이다. 못 이기는 척해도 좋으니 이 여행을 같이하지 않겠는가. 로마와 파리를 보고자 그 먼 길을 수고스럽게 떠났던 여행자들을 비웃으며 우릴랑 하룻길 조금씩 가자! 우리를 가로막을 게 무언가. 우리 자신을 기꺼이 상상에 내맡기고 그가 이끄는 대로 가면 될 것을.

3
법과 관습

세상에는 호기심 가득한 인간이 참으로 많다. 내가 내 방을 여행한 일수가 왜 하필이면 41일도, 43일도 아닌 42일인가 궁금해할 사람이 분명히 있을 터이다. 그런데 나도 모르는 걸 이 책을 읽는 여러분에게 어찌 설명할 수 있겠는가? 확실한 건, 여러분 보기에 내 방 여행치고 그 일수가 과하게 길다 하더라도, 그것을 단축할 재량이 내게 없었다는 사실이다. 여행자로서 으레 내뱉는 객담을 죄 들어내면, 나로선 한 장章으로도 족할 터다. 사실 난 내 방 안에 머물며 더할 수 없이 기쁘고 즐거웠으나 유감스럽게도 바깥출입은 마음대로 할 수 없었다. 나를 너무나 생각해 주어 나로선 고마운 마음 금할 길 없는 권력자들의 중재 덕에 나는 이 책을 세상에 내놓을 수 있는, 넉넉한 시간을 갖게 되었다. 결국 그들은 내가 내 방 여행을 할 수 있도록 나를 가둬 놓고 지켜 준 자들이니 어찌 고맙지 않겠는가.

그러나 사려 깊은 독자여, 그들이 얼마나 큰 잘못을 저질렀는지 그리고 지금 내가 하는 주장에 행여 틀린 부분이라도 있는지 잘 헤아려 주기를 바란다.

어떤 이가 대놓고 당신을 무시하거나 그렇지 않아도 당신의 부주의로 일어난 일에 화가 나 있는 상황에서 거기다 대고 불난 데 부채질을 하거나 혹은 당신의 여자에게 허튼수작을 부린다면, 칼을 뽑아 결투를 신청하는 것보다 더 자연스럽고 지당한 일이 어디 있겠는가?

결국 우리는 결투를 치르기 위해 들판으로 나갔고,● 거기서 니콜이 평민 귀족에게 그랬던 것처럼 상대가 티에르스 검법을 취할 때 나는 카르트 검법으로 공격했던 것이다.●● 복수는 확실하고도 철저해야 하므로 나는 가슴을 열어젖힌 채 죽을 각오로 달려들었다.

이처럼 결투는 합리적인 처신이건만 이 칭송받아 마땅한 관습을 용인하지 않는 이들이 있다. 그런데 결투를 용인하지도 않거니와 그것을 고약한 악습으로 치부하는 바로 그

●1790년, 토리노에서 저자는 다른 장교인 페토노 드 메이랑과 결투를 벌였다.

●●몰리에르의 희곡 『평민 귀족』Bourgeois Gentilhomme 3막 3장 참조.

들이 그 관습을 거부하는 이들을 더 가혹하게 다루기도 한다는 것이다. 그런 사람들의 변덕을 맞추려다 재수 없게도 명예와 직업을 다 잃은 이가 한두 명이 아니다. 따라서 '결투의 빌미'가 될 수 있는 고약한 일에 연루되었을 때, 그것을 법에 맡겨야 할지 아니면 결투를 치러야 할지 고민이라면 차라리 제비뽑기를 하는 게 나을 수도 있다. 재판관들조차 법과 관습이 충돌할 때 주사위를 굴려 판결을 내리고 있을지 모르기 때문이다. 어쨌든 내가 더도 덜도 아닌 42일 동안 내 방 여행을 하게 된 자초지종을 말하자면 아마도 이런 식으로 내려진 판결 때문이 아닐까 하는 것이다.

4
의자

베카리아 신부[•]의 척도법에 따르면 내 방은 북위 45도[••]에, 동서 방향으로 놓여 있다. 벽에 바짝 붙어서 걸으면 둘레가 서른여섯 걸음 나오는 장방형의 방이다. 하지만 내 방 여행은 이보다 더 긴 여정이 되리라. 왜냐하면 나는 어떤 정해진 규칙과 방법을 따르지 않고 종횡으로 누비기도 하고 비스듬히 가로지르기도 할 것이기에. 지그재그로도 걸어 볼 것이며, 기하학이 허용하는 온갖 동선으로도 걸어 보리라. "오늘 세 군데를 들러야 하고, 네 통의 편지를 써야 하며, 시작한 이 일을 마무리 지어야 한다"는 식으로 자신의 걸음 하나하나, 생각 하나하나를 완전히 통제하면서 살아가는

• 이탈리아의 수학자이자 철학자.

•• 이탈리아 피에몬테 주 토리노 남쪽을 지난다.

이를 나는 좋아하지 않는다. 내 영혼은 온갖 생각과 취향과 감각에 완전히 열려 있으니 탐욕스러우리만치 있는 그대로 그 모든 것을 받아들인다. 삶이라는 고달픈 여정에 간간이 흩뿌려진 기쁨을 외면할 이유가 어디에 있을까. 그토록 귀하여 쉽게 눈에 띄는 것도 아닌데, 행여 기쁨의 열매가 눈앞에 보일라치면 우리는 가던 길을 멈추고 돌아서서라도 그 기쁨의 열매를 따야 정상이다.

정해진 길을 고집하지 않고 사냥꾼이 사냥감을 쫓듯 자신의 상념을 좇는 것보다 더 매혹적인 일은 없을 것이다. 따라서 나는 내 방 여행을 하면서 곧바로 가는 일이 거의 없었다. 탁자에서 시작해 방 한구석에 걸린 그림 쪽으로 갔다가 에둘러 문 쪽으로 간다. 거기서 다시 탁자로 돌아올 요량으로 움직이다가 중간에 의자가 있으면 그냥 주저앉는다. 의자란 얼마나 훌륭한 가구인가. 사유하는 인류에게 이보다 유용한 물건은 없으리라. 기나긴 겨울밤, 세상사 소란에서 벗어나 그 속에 몸을 묻고 있으면 한없이 차분해지고 때로 달콤함까지 깃든다. 벽난로 불이 활활 잘 타오르고 내 손에 책과 펜만 있으면 지루할 짬이 어디 있으랴. 사그라지는 불길을 다시 키우기 위해 책과 펜을 손에서 놓았다가 그대로 즐거운 상념에 빠져 지인들을 기쁘게 할 시의 운을 다듬는 일도 달콤하디달콤하다. 그러다 보면 시간은 한없이 흘러 영원의 침묵에 이르고, 시간이 빚어내는 그 슬픈 여정을 우리는 알아차리지 못하리라.

5
침대

의자를 지나 북쪽으로 방향을 틀면 방 안쪽에 침대가 놓여 있는데 보기만 해도 아주 좋다. 배치도 참으로 쾌적한 것이 아침 첫 햇살이 침대 장막에 머무는 자리다. 화창한 여름날이면, 해가 중천을 향할수록 하얀 장막을 따라 햇살이 움직이는 것이 보인다. 햇살은 창문 밖 느릅나무에 여러 갈래로 부서졌다가 장미색과 흰색이 어우러진 내 침대 위에 어린다. 그 빛에 내 침대는 온통 매혹적인 색조를 띤다. 지붕을 차지한 제비들과 느릅나무에 둥지를 튼 다른 여러 새가 앞다퉈 지저귄다. 그럴 때면 내 머릿속은 온갖 즐거운 상상으로 가득하고 이 세상에 나만큼 행복하고 평화로운 아침을 맞는 이가 또 있을까 싶어진다.

고백하건대 난 이 달콤한 순간을 사랑하였고 침대의 온기 속에서 관조하는 이 기쁨을 가능하면 더 오래 끌고 싶었다. 침대는 우리를 몰아의 경지에 이르게 할 만큼 상상력을 지피고 안온한 상념을 불러일으키는 한바탕 연극 무대가 아닐까?－여기서 정숙한 독자 여러분이 우려할 일은 없다－내가 말하고자 하는 건 초야에 순결한 아내를 품에 안은 사내의 기쁨이 아니기 때문이다. 게다가 난 그 형언할 수 없는 희열을 누릴 수 있는 팔자도 아니었으니. 그리고 침대는 자식을 낳은 기쁨에 겨워 어머니가 산고마저 잊는 자리가 아니던가. 예서 상상력과 희망은 황홀한 기쁨으로 결실을 맺어 우리를 달뜨게 만든다. 요컨대 인생의 절반이 고통으로 점철돼 있다면, 나머지 반은 이 감미로운 침대에서 잊고 지낼 수 있는 것이다. 그런데 동시에 나의 뇌리를 채우고 있는 이 희비의 정체는 무얼까? 고통스러우면서도 달곰한 기분이 드는 이 야릇함은.

침대는 우리의 탄생과 죽음을 지켜본다. 침대는 우리 인간이 때로는 흥미진진한 드라마를, 때로는 우스꽝스러운 희극이나 가혹한 비극을 연기하는 파란만장한 무대가 아니던가. 꽃으로 장식된 요람에서 사랑의 옥좌가 되고 끝내 우리의 무덤 자리가 되는 것이다.

6
형이상학

이 장은 전적으로 형이상학에 관심이 있는 사람들을 위한 장이다. 여기서는 인간의 본성을 자세히 조망하련다. 이 장은 지성의 순수한 빛과 동물적 힘을 가려냄으로써 인간의 특성을 분석하고 파헤칠 수 있도록 도와주는 프리즘이 될 것이다.

영혼과 동물성으로 이루어진 나라는 존재의 구성 체계에 대해 독자 여러분에게 자세히 설명하지 않고서는 여정 초반에 내가 손가락을 데인 자초지종과 연유를 전할 길이 없다. 나의 사상과 행동은 이러한 형이상학적 성찰로부터 지대한 영향을 받았으므로 초반에 이를 이해할 수 있는 실마리를 제시하지 않으면 이 책은 난해한 책이 되고 말 것이기 때문이다.

여러 관찰을 통해 나는 인간이 영혼과 동물성으로 이루어져 있다는 것을 알게 되었다. 이 둘은 서로 별개일지라도 하나가 다른 하나에 완전히 포섭되거나 딱 겹쳐지기도 한다. 따라서 둘을 확연히 구분 지으려면 영혼이 동물성보다 우월한 지위를 차지해야 한다.

예전에 한 선생—오래전이어서 이름은 기억나지 않는다—이 플라톤은 물질을 타자他者로 지칭했었다●는 얘기를 해 준 적이 있다. 참으로 어울리는 명칭이라고 생각하는데, 나는 이 명칭을 영혼과 더불어 인간을 구성하는 동물성에 갖다 쓰기로 한다. 동물성이라는 실체야말로 타자이며, 아주 요상하게 우리 인간을 희롱하기 때문이다. 일반적으로 우리는 인간을 이중적 존재라고 생각한다. 인간이 영혼과 육체로 이루어졌기에 그리 여기는 것이다. 그리고 우리는 까닭 없이 수많은 문제의 원인을 육체 탓으로 돌리곤 한다. 거기에 감정과 사고가 깃들어 있지 않다는 이유에서다. 하지만 문제는 인간의 육체가 아닌 인간의 동물성에 있다. 영혼과는 전혀 별개의 것이면서 감각적 실체인 동물성에 문제가 있는 것이다. 이 동물성은 독립된 존재성을 지닌 하나

● 플라톤 대화편 『티마이오스』 참조.

의 개체로서 거기엔 나름의 취향과 기질과 의지가 있다. 그나마 인간의 동물성이 다른 동물의 동물성에 비해 낫다고 볼 수 있는 건 더 많은 학습을 통해 더 나은 생체 기관을 갖췄기 때문이다.

자, 신사 숙녀 여러분! 그대들의 지성에는 한껏 자부심을 품어도 되나 그대들의 타자에는 의혹의 눈길을 거둬선 아니 됩니다. 특히 여럿이 한데 모였을 때는 더더욱 그래야 할 것입니다.

나는 이질적인 두 실체가 서로 결합된 것을 두고 여러 가지 실험을 했다. 그렇게 해서 알게 된 한 가지 사실은 동물성이 영혼에 끌려다니기도 하고, 반대로 영혼이 동물성 때문에 자신의 의지와 무관한 행동을 할 수도 있다는 것이다. 이런 원리에 입각해 보면 한쪽은 입법권을, 다른 한쪽은 집행권을 지닌 셈인데, 이 두 권력은 곧잘 충돌한다. 뛰어난 이들은 자신의 동물성을 조련하는 데 가장 신경 쓴다. 그럴 수 있으면 동물성은 별 말썽 없이 지낼 것이고, 영혼은 동물성과의 고약한 인연에서 벗어나 천상으로 고양될 수 있을 것이다.

이 점에 대해서는 예가 필요할 것 같다.

책을 읽다가 갑자기 흥미로운 생각이 뇌리를 스치면 그 생각에 사로잡힌 나머지 기계적으로 글자와 문장을 따라갈

뿐, 이미 책은 안중에도 없을 때가 있다. 무엇을 읽었는지도 모르고 방금 읽은 내용도 기억하지 못한 채 책장만 넘긴다. 당신의 영혼은 자신의 짝인 동물성에게 책을 읽으라고 명령은 해 놓은 채, 정작 자신은 잠시 딴생각에 빠져 있다는 사실을 알려 주지 않는다. 그러면 타자는 영혼이 더는 귀 기울이지 않는 책 읽기를 수행하게 되는 것이다.

7
영혼

아직도 이해가 잘 되지 않으면 다른 예를 하나 더 들어 보도록 하자.

지난여름 어느 날, 나는 당직 근무시간에 맞춰 궁정으로 향하고 있었다. 아침나절 내내 그림을 그렸는데, 온통 그림에 정신이 팔린 내 영혼은 왕궁으로 이동하는 일을 동물성에게 일임한 참이었다.

영혼은 상념에 빠졌다. 회화는 얼마나 숭고한 예술이란 말인가! 자연경관에 마음이 움직이고 그림으로 생계를 짓지 않는 이는 행복할지어다. 취미로 그림을 그리지만 아름다운 형상이 주는 장엄함과 인간의 얼굴 위에 수천 가지 색조로 녹아드는 빛의 영롱한 어른거림에 취한 나머지 그림 속에 숭고한 자연현상을 담고자 애쓰는 이는 행복할지어다. 풍경에 이끌려 한적한 길로 발길을 옮기었다가 그늘 드리운 숲과 인적 없는 들판이 자아내는 애상을 캔버스 위에 드러낼 줄 아는 화가 또한 행복할지어다. 그의 그림은 자연을 모방하고 재창조한다. 그의 손에서 새로운 바다와 빛이 들지 않는 동굴이 창조된다. 그의 명령에 따라 아무것도 없는 가운데 푸른 전원이 생겨나고 쪽빛 하늘이 화폭에 담긴다. 그는 대기를 흔들고 폭풍을 일으키는 비술에도 능하다. 그리고 그는 황홀경에 빠진 감상자들에게 고대 시칠리아의 매혹적인 평원을 펼쳐 보이는데, 혼비백산한 님프가 자신을 뒤쫓는 사티로스를 피해 갈대숲을 헤치며 달아나는 장면이 연출되기도 하고, 그들을 에워싸고 있는 신성한 숲 위로 웅장한 신전의 으리으리한 전면이 솟아오르기도 한다. 상상력은 이상향의 적막한 여러 갈래 길에서 미아가 된다. 파르스름한 지평선은 하늘과 만나고 고요히 흐르는 강물에 비친 전경은 이루 말로 표현할 수 없는 경관을 이룬다.

나의 영혼이 이런 상념에 빠져 있는 동안 타자는 그 누구도 알 수 없는 그만의 길을 가고 있었다. 타자는 명령을 받은 대로 궁전을 향하지 않고 왼쪽 길로 꺾었다. 뒤늦게 영혼이 그를 제지했을 때는 이미 궁전으로부터 반 마일 이상 떨어진, 드 오카스텔 부인Mme de Hautcastel의 저택 현관에 이른 뒤였다.

우리의 타자가 홀로 그처럼 아름다운 부인의 집에 들어선 뒤 어떤 일이 벌어졌을지는 독자 여러분의 상상에 맡긴다.

8
동물성

물질에서 벗어나 영혼이 언제든 홀로 여행할 수 있다면 그것은 바람직하고도 유용한 일이다. 하지만 거기엔 안 좋은 점도 있다. 앞서 언급했던 손가락 화상이 그 예다.

평소처럼 난 나의 동물성에게 아침 준비를 맡겼다. 빵을 구워서 자르는 건 그의 몫이다. 그는 커피도 훌륭히 끓여 내는데 이 모든 일을 대부분 혼자서 한다. 영혼으로서는 물끄러미 그 모습을 바라볼밖에 달리 끼어들 여지가 없다. 그러나 그냥 바라보기만 한다는 것은 매우 어렵고 힘든 일이다. 왜냐하면 어떤 장치•를 다룰 때 보면, 우리는 쉽게 딴생각에 빠져 정작 자기가 하고 있는 일에는 주의를 잘 기울이지

• 여기서는 조리 도구를 가리킨다.

못하기 때문이다. 이를 나의 형이상학적 체계에 의거하여 좀 더 부연하자면, 나의 영혼에게 나의 동물성이 하는 일을 주시하면서 그가 하는 일에 끼어들지는 말고 그냥 바라보게만 한다는 것은 거의 불가능에 가깝다는 것이다. 이는 인간이 수행하기엔 경악하리만치 어려운 형이상학적 과제다.

나는 빵을 굽기 위해 화덕 위에 부집게를 올려놓았었다. 잠시 뒤, 나의 영혼은 홀로 여행을 떠났고, 그 틈에 나의 동물성은 달구어진 장작을 화덕 안에 집어넣었다. 그런데 우둔하기 짝이 없는 나의 동물성은 손을 뻗어 뜨거운 부집게를 그냥 잡아 버렸고 결국 나는 손가락을 데었다.

9
철학

앞으로 펼쳐질 이 멋진 여행에서 독자 여러분에게 생각과 발견의 거리를 제공하고자 하는 나의 의도가 앞에서 충분히 설명되었기를 바란다. 영혼이 홀로 먼 길을 떠나도록 할 수 있다면 이보다 더 뿌듯한 일은 없으리라. 그렇게 함으로써 얻을 수 있는 기쁨은 그로 인해 빚어질 수 있는 오해를 상쇄하고도 남는다. 자신의 존재를 확장해 지상과 천상에 동시에 임하는 것보다, 다시 말해 두 삶을 살 수 있는 존재가 되는 것보다 황홀한 기쁨이 어디 있을까? 남자를 영원히 만족시킬 수 없는 그 욕망이란 다름 아닌 자신이 존재할 수 없는 곳에 존재하면서 얼마든지 과거를 소환할 수 있고 미래를 살 수 있는 힘과 권능이 주어지기를 바라는 게 아닌가? 남자는 군대를 통솔하고 학계를 좌우하며 아름다운 뭇 여성들의 사랑을 차지하고자 한다. 그리고 이 모든 것을 얻은 뒤에는 전원생활과 그 고즈넉함이 그리워 목동의 오두막을 동경한다. 하지만 이러한 계획과 바람은 인간 본성에 내재한 현실적 불행에 의해 번번이 좌절되니 행복은 그 어디서도 찾을 길 없다. 하지만 나와 함께 한 식경 정도 여행을 떠나 본다면, 행복에 이르는 길을 찾을 수 있으리니.

아, 왜 우리는 근심 걱정과 고통스러운 야망을 타자에게 넘기지 않는 걸까? 가엾은 그대여, 이리 오라. 그대가 지은 감옥의 문을 부숴 버리고 내가 그대를 인도할 천상과 낙원의 저 하늘 위에서 홀로 부와 명예를 좇는, 세상에 던져진 그대의 동물성을 내려다보라. 세상 사람들 속에서 그대가 얼마나 무거운 짐을 지고 가는지 보라. 세상 사람들은 예의상 서로 거리를 두고 있지만, 각자 홀로라는 사실을 아무도 알아차리지 못한다. 그 안을 배회하여도 사람들은 그대에게 영혼이 깃들어 있기나 한지 혹은 무슨 생각을 하는지 아무런 관심이 없다. 그런 것을 보지 못하여도 정념에 사로잡힌 수많은 여인이 그대와 열정적인 사랑에 빠질 수 있으며, 그대의 영혼이 거들지 않아도 드높은 명예와 막대한 부를 거머쥘 수 있기 때문이다.

그러하므로 저 천상으로부터 현실로 돌아온 영혼이 제자리라고 찾아간 곳이 한 귀족 양반의 동물성인들, 나로선 하등 놀랄 일도 아니다.

10
초상화

독자 여러분은 내가 이야기가 잘 풀리지 않으니 내 방 여행 얘기를 하겠다는 애초의 약속을 지키지 않고 변죽만 울렸다고 생각해서는 안 된다. 그랬다면 크게 잘못 생각한 것이다. 왜냐하면 내 방 여행은 한 번도 멈춘 적이 없기 때문이다. 앞 장에서 보았듯이 우리의 영혼이 형이상학의 세계에서 현실로 고통스럽게 귀환할 때, 나는 의자의 앞 두 다리가 살짝 들릴 만큼 의자에 기대 몸을 잔뜩 젖히고 있었다. 그러면서 의자를 앞뒤로 흔들었는데, 그러다 보니 조금씩 앞으로 나아가게 되었고—하나 급할 것 없을 때 내가 곧잘 하는 여행법이다—어느새 벽 앞에 이르렀다. 벽 앞에서 나는 드 오카스텔 부인의 초상화에 무의식적으로 손을 뻗었고, 또 다른 자아인 나의 타자는 기꺼운 마음으로 그 위에 앉은 먼지를 닦았다. 먼지를 닦는 일에서 타자는 은근한 기쁨을 얻으니 이 기쁨은 드넓은 천상의 평원에 푹 빠져 있는 나의 영혼에게도 전해진다. 왜냐하면 영혼은 천상을 여행할 때도 정체를 알 수 없는 은밀한 고리를 통해 감각과 연결돼 있기 때문이다. 그러니 천상의 즐거움은 그 즐거움대로 만끽하면서 타자가 느끼는 은근한 기쁨에도 동참할 수 있다. 그런데 이 기쁨이 일정 수위에 도달하거나 영혼이 예기치 않은 장면에 화들짝 놀라기라도 하면, 영혼은 번개처럼 재빠르게 제자리로 돌아간다. 그런 일이 내가 초상화의 먼지를 닦고 있을 때 일어난 것이다.

천으로 먼지를 닦아 내자 말아 올린 금발 머리와 거기에 얹힌 장미꽃 장신구가 드러났고, 그 순간 천상에 머물던 내 영혼은 쾌락의 미세한 전율과 가슴 벅찬 환희를 느꼈다. 한 번 천으로 닦은 것에 불과한데도 매혹적인 얼굴과 더불어 아름다운 이마가 드러났을 때 느낀 기쁨은 무어라 칭할 수 없지만 아주 생생한 것이어서 나의 영혼은 그 기쁨을 향유하고자 천상을 뛰쳐나올 지경이었다. 엘리시온의 뜰에 머물며 지품천사들이 연주하는 음악을 감상하는 중이라 할지라도, 제 일에 정신이 팔린 그의 짝이 하인에게서 물에 적신 천을 건네받아 눈썹, 눈, 코, 뺨, 입술—아, 심장이 터질 것만 같다—턱, 가슴 부분을 닦아 내려고 할 때 나의 영혼이 그 자리에 가만히 있을 도리는 없었다. 이는 찰나에 벌어진 일이었다. 모든 형상이 무에서 튀어나와 다시 태어나는 것과 같았다. 나의 영혼은 별똥별 떨어지듯 하늘에서 내려와 황홀경 속에 타자와 어우러져 그 기쁨을 나누며 키워 나간다. 불현듯 벌어진 이 특별한 사건은 나를 둘러싼 시간과 공간을 지워 버린다. 순간 나는 자연의 질서를 역행하여 과거로 돌아가 다시 젊어진다. 그렇다. 바로 그곳에 내가 사랑했던 그녀가 있다. 그녀는 내게 미소를 지으며 나를 사랑한다고 말하려 한다. 그윽한 눈길이여! 나의 분신, 나의 영혼이여, 이리 와서 내게 안겨요! 나의 기쁨과 행복을 같이 나눠요! 이 순간은 찰나여도 황홀하지 않은가. 하지만 이내 차가운 이성이 제 왕국을 다시 차지하고 눈 깜짝할 사이 나는 한 해를 더 늙으리라. 내 심장은 서늘하다 못해 얼어붙을 것이며 나는 지상을 짓누르는 무관심한 대중의 무리 속으로 파묻혀 들어가리라.

11
장미색과 흰색

일의 순서를 어기고 앞서 나가면 안 될 일이다. 독자 여러분에게 영혼과 동물성으로 이루어진 나의 형이상학 체계를 서둘러 설명하고 싶은 마음에 중간에서 침대 얘기를 멈추고 말았다. 이제 그 얘기를 마무리 짓고 앞 장에서 끊겼던 여정을 다시 시작하도록 하자. 여기서 한 가지 기억해 주십사 부탁하고 싶은 건 나의 반쪽이 책상에서 네 걸음 떨어진 벽 앞에서 아직도 드 오카스텔 부인의 초상화를 어루만지고 있다는 사실이다.

침대 얘기를 하면서 한 가지 빠뜨린 것이 있는데, 남자라면 모름지기 침대를 장만할 때 가능한 장미색과 흰색이 어우러진 침대를 골라야 한다. 색깔은 그 색조에 따라 우리 기분을 즐겁게도 혹은 우울하게도 만들기 때문이다. 장미색과 흰색은 기쁨과 행복을 나타낸다. 장미 색깔에 그런 상징을 부여함으로써 자연은 장미를 꽃의 제왕으로 만들었다. 하늘도 지상에 아름다운 하루를 선사하고 싶을 때 여명이 번질 무렵 구름을 이 매혹적인 색조로 칠하지 않던가.

언젠가 여럿이 가파른 오솔길을 힘겹게 오른 적이 있었다. 사랑스러운 로잘리Rosalie가 앞서 나갔는데, 사뿐사뿐 걷는 모양새가 마치 날개를 단 듯했고 우리는 쫓아가기 급급했다. 바야흐로 언덕배기에 이르자 그녀는 숨을 골랐고, 뒤를 돌아보며 굼뜬 우리를 향해 미소를 지었다. 내가 찬양해 마지않던 두 색깔이 이때만큼 절정에 이른 순간은 없었을 것이다. 상기된 뺨, 진홍빛 입술, 반짝이는 흰 치아, 상아빛 목덜미가 초록을 배경으로 도드라지는데, 우리는 눈길을 거둘 수가 없었다. 넋을 놓고 바라볼 뿐이었다. 그녀의 파란 눈과 우리를 향한 눈길에 대해 무슨 얘기를 더 하랴. 이는 내 얘기의 주제에서도 벗어나거니와 그 추억에 마냥 매여 있을 수도 없어서다. 나로선 다른 색에 비해 이 두 색이 가장 아름답고 그것이 인간의 행복에 커다란 영향을 미칠 수 있다는 그 최상의 예를 제시한 것으로 충분하다.

오늘 여정은 더 나아가기 어려울 것 같다. 오늘 주제보다 더 솔깃한 주제가, 오늘 한 얘기에 묻히지 않을 다른 얘기가 있을까? 지금으로선 내 방 여행을 언제 다시 시작할지도 잘 모르겠다. 내가 여행을 다시 이어 나갈 수 있으려면 그리고 독자 여러분이 이 책의 대단원을 궁금해하신다면, 부디 생각의 씨앗을 뿌려 주는 천사를 찾아가서 이런 간청을 해 주길 바란다. 그 천사가 내게 시도 때도 없이 던져 주는 상념의 편린들과 언덕에서의 추억을 뒤섞지 말아 달라고.

이 부탁이 받아들여지지 않으면 내 여행을 제대로 마칠 수 없을 것이다.

12

그때 그 언덕

· ·

· ·

· · · · · · · · · · · · · · · · · 그때 그 언덕 · · · · · · · · · · · · · · · · ·

· ·

· ·

VEYSSIER D.
GUILLAUME S.

13
숙영

애쓴 보람이 없다. 좋든 싫든 당분간 여기서 이렇게 지낼 수 밖에 없다. 군대로 치면 숙영하는 것이다.

14

하인 조아네티

나는 은은한 온기가 도는 침대에서 사색하는 것을 유독 좋아하며, 화사한 침대 색상은 거기에 적잖은 기쁨을 얹어 준다는 얘기를 했었다.

이와 같은 기쁨을 누리고자 나는 하인에게 내가 보통 일어나는 시간에서 반 시간쯤 전에 내 방에 들어오도록 일렀다. 나는 그가 살금살금 오가며 조심스레 아침을 맞이하는 소리를 듣는다. 그것은 내가 단잠에 빠져 있음을 확인해 주는 소리인데, 이 달콤함은 참으로 미묘하여 그 맛을 아는 이가 많지 않다. 나는 비몽사몽 상태로 조아네티가 준비를 마칠 시간과 내게 남은 얼마간의 시간을 조바심치며 헤아린다. 조아네티는 점점 큰 소리를 낸다. 조심한다고 해도 쉽지 않은가 보다. 하긴 그는 운명의 시간이 다가오고 있음을 아는 것이다. 내 회중시계를 들여다본 그는 나를 깨우기 위해 시계 장식을 흔들어 소리를 낸다. 나는 짐짓 못 들은 척한다. 달콤한 시간을 더 늘리려고 이 가엾은 사람에게 떼를 쓸 생각은 없다. 다만 시간을 벌고자 미리 이것저것 시켜 놓았을 뿐이다. 그는 내가 다소 퉁명스럽게 시킨 일들이 겉으론 아닌 척하면서도 침대에서 더 오래 뭉그적거리려는 핑계라는 것을 잘 안다. 그럼에도 그는 모른 척하는데, 그런 그가 나로선 진심으로 고맙다.

이제 핑곗거리가 다 떨어진 것 같으면 그는 방 한가운데로 걸어와서 팔짱을 낀 채로 한 치 흐트러짐 없이 서 있는다. 사람들이 아무리 어르고 달랜들 침대에서 뭉그적거리려는 내 마음을 돌릴 길은 없다. 하지만 우리 집 하인이 건네는, 침대에서 나오라는 무언의 초대는 거부할 길이 없다. 나는 알았다는 표시로 기지개를 켜고선 자리에 일어나 앉는다.

독자 여러분에게 우리 집 하인의 행동을 관찰할 기회가 생긴다면, 여러분은 민감한 성격의 일을 처리할 때는 주도면밀함보다 상식과 단순함에 기대는 것이 훨씬 더 효과적이라는 사실을 알게 될 것이다. 단언하건대, 나를 침대에서 벌떡 일어나게 만드는 것은 게으름의 문제점을 일목요연하게 나열한 설교가 아니라 조아네티가 건네는 무언의 질책이다.

조아네티는 참으로 성실한 사람이며 나와 같은 여행자에겐 더할 나위 없는 사람이다. 그는 내 영혼의 잦은 출타에도 익숙하고 타자가 부리는 변덕을 비웃지도 않는다. 타자가 홀로 있을 때는 그가 가야 할 길로 인도하므로 나의 타자는 두 영혼의 보살핌을 받는 셈이다. 가령 타자가 옷을 챙겨 입는데 양말을 뒤집어서 신는다거나 저고리도 입지 않고 외투를 걸치려 들 때면 그는 내게 손짓을 하였다. 주인 잘못 만난 조아네티가 덤벙대는 타자를 성문까지 쫓아 나오며 어떤 때는 모자를, 또 어떤 때는 손수건을 챙겨 주는 모습을 나의 영혼은 흐뭇하게 바라본다.

이 얘기를 해도 좋을지 모르겠으나 한번은 이런 일도 있었다. 계단 아래서 나의 타자를 제지해 준 충실한 하인이 없었다면 덜렁대기 짝이 없는 나의 타자는 보검을 차지 않았음에도 마치 웅장한 지휘봉을 쥔 왕실 의정관이라도 된 듯이 당당한 모습으로 궁에 들 뻔했다.

15
의혹

"조아네티, 이 그림 좀 걸어 주게."

예전에도 조아네티는 그림의 먼지를 닦아 내는 나를 돕곤 하였다. 그때마다 그는 초상화의 주인공에게는 별나라 사람이라도 되는 양 아무 관심을 보이지 않았다. 그냥 제 할 바에 따라 젖은 천을 건넬 뿐이었다. 그 과정에서 그가 아무런 내색도 하지 않았기에 내 영혼은 방해받지 않고 찰나에 머나먼 곳을 홀로 떠돌 수 있었다. 그런데 그런 그가 그림을 제자리에 두지 않고 자신이 한 번 더 닦으려는 듯 들고 있는 게 아닌가. 뭔가 풀리지 않는 의혹이 있는 사람처럼 표정에 궁금증이 어렸다.

VESSIER
GUILLAUME.

"이보게, 그림에 무슨 문제라도 있나?"

"아, 아닙니다. 나리."

"그런데 그 표정은 뭔가?"

그는 책상 위 콘솔 선반에 그림을 세워 놓고선 몇 걸음 뒤로 물러섰다.

"나리, 이 초상화 속 인물은 제가 이 방 어디에 있든 왜 늘 저만 쳐다보고 있는지 모르겠어요. 아침에 침대를 정리할 때도 저를 바라보고, 창가로 움직여도 저를 바라봐요. 한시도 제게서 눈을 떼는 법이 없어요."

"조아네티, 그렇다면 이 방에 사람이 가득할 때는 이 아름다운 여인이 구석구석 모든 이에게 동시에 곁눈질이라도 한단 말인가?"

"그렇다니까요, 나리."

"내게 건네던 추파를 온갖 어중이떠중이에게 다 건넨단 말이지?"

이 질문에 조아네티는 아무 대꾸도 하지 않았다. 나는 의자에 몸을 묻고 고개를 떨군 채 심각한 상념에 빠져들었다. 바로 그거였어! 사랑에 눈먼 나는 얼마나 어리석었던가! 애인과 떨어져 애타게 가슴 끓이는 동안 그녀는 나의 부재를 다른 이로 채우고 있었던 것이다. 내가 애틋한 눈길로 초상화 속의 그녀를 바라보고 있는 동안 그리고 (비록 그림이긴 하지만) 오직 나 자신만이 그녀의 눈길을 받고 있다고 착각하는 동안 실제 주인공 못지않게 단정치 못한 그림 속 여인은 오가는 모든 이를 훑으며 추파를 던지고 있었던 것이다.

초상화와 실제 주인공 사이에 이와 같은 도덕적 유사성이 있다는 것에 주목했던 철학자나 예술가는 일찍이 없었다.

이렇게 나는 하나하나 새로운 것을 알아 가는 발견의 여정에 있다.

16
해명

조아네티는 내가 무슨 설명을 해 주기를 바라며 아직 그대로 서 있다. 난 좀 전에 촉발된 우울한 상념에 잠겨 있느라 '여행용 외투'● 옷깃에 묻었던 고개를 들었다. 잠시 뜸을 들이다가 앉은 채로 의자째 그를 향해 돌아섰다.

"잘 보게, 조아네티. 그림은 평면이란 말일세. 그리고 그 평면 위의 각 점에서 빛이 반사되어……."

이 말에 조아네티는 흰자위가 다 드러날 정도로 눈이 휘둥그레졌고 입마저 다물지 못했다. 유명한 르브룅●●에 따르면 저런 두 가지 표정이 사람 얼굴에 지어지는 때는 놀라움이 최고조에 이른 때라고 했다. 당연히 이런 설명을 쏟아

●여기서 '여행용 외투'란 실내용 가운이다. 내 방 여행을 하고 있으니 실내용 가운이 곧 여행용 외투인 셈이다.

●●17세기의 프랑스 화가.

낸 건 나의 동물성이었다. 하지만 조아네티가 평면이니 빛이니 하는 부분에는 무지렁이나 다름없다는 것을 나의 영혼은 너무나 잘 알고 있었다.

치켜 올라갈 대로 올라간 그의 눈꺼풀을 보고 있노라니 나는 또 상념 속으로 빠져들어 갔다. 머리가 보이지 않을 정도로 여행용 외투 깃에 고개를 아주 깊숙이 묻었다.

§

나는 이 자리에서 점심을 먹기로 했다. 이미 해는 중천이어서 내 방 안에서 여행을 한 발자국만 더 했다간 저녁이 다 돼서야 점심을 해결할 수 있을 터였다. 나는 의자 가장자리에 엉덩이를 걸친 뒤 벽난로 선반 위에 두 발을 올려놓았다. 그 상태로 식사가 차려지기를 기다렸다. 참으로 아늑한 자세가 아닐 수 없다. 긴 여행길에서 어쩔 수 없이 한곳에 머물러야 할 때 이보다 더 유용하고 편한 자세가 있을까.

그럴 때면 애견 로진이 올려 달라며 여행용 외투의 아랫자락을 물어 당긴다. 내 상체와 하체가 만들어 내는 삼각형의 한 꼭짓점이 제 딴에는 아주 아늑한 침상인 게다. 그 모양새는 자음 V를 떠올리면 영락없다. 로진은 내가 바로 들어 올려 주지 않으면 알아서 튀어 오른다. 어떻게 올라왔는지 어느새 자리를 잡고 있을 때도 많다. 내 손은 한없이 부드러운 손길로 그를 어루만지는데, 이는 이 사랑스러운 동물과 나의 동물성 사이에 형성된 어떤 상련 때문일 수도 있고, 우연히 어쩌다 그러는 것일 수도 있다. 하지만 난 우연을 믿지 않는다. 거기에 어떤 의미도 깃들어 있지 않은 우연이라는 궁색한 체계를 난 믿지 않는다. 차라리 마술이나 마르티니즘•을 믿으면 믿었지 결코 우연은 믿지 않는다.

이 두 동물이 맺고 있는 유대는 대단히 현실적이다. 점심이 준비되려면 좀 기다려야 하는 상황에서 나는 두 발을 벽난로 선반 위에 걸친 채 완전히 이완되어 있다. 연금에 처한 내 처지도 잊을 만큼 아무 생각이 없다. 이런 나를 보면서 로진은 꼬리를 살랑거리며 만족한 태를 숨기지 않는다. 진득하니 앉아 자리를 벗어나지도 않는다. 이 모습을 본 나의 타자는 무엇 때문인지는 몰라도 그가 괜히 고맙다. 둘 사이에 무언의 대화와 더할 나위 없는 교감이 이루어지고 있는 것인데, 이를 우연으로 치부하긴 어렵다.

• 유대계 포르투갈 사람인 마르티네스 드 파스칼리가 창시한 신비주의 교파.

17
애견 로진

독자 여러분은 시시콜콜하다고 나에게 뭐라 하지 말았으면 좋겠다. 여행자들이 좀 그렇지 않은가. 몽블랑을 오르거나 쫙 벌어진 엠페도클레스의 무덤•을 오를 때면 소소한 것 하나 놓치지 않고 기록할 것이다. 일행은 몇 명이며, 노새는 몇 마리인지, 챙겨 간 음식의 맛은 어떠한지 그리고 일행들은 얼마나 잘 먹었는지부터 노새가 발을 헛디뎌 비틀거린 얘기에 이르기까지 노트에 꼼꼼히 다 기록할 것이다. 칩거 생활을 하는 이들에겐 유익한 읽을거리가 될 터이다. 바로 이런 이유에서 나는 가슴 깊이 사랑하는 애견 로진에 대한 이야기로 한 장을 떼어 놓으려 한다.

• 에트나 산의 정상 분화구를 가리킨다. 엠페도클레스가 여기에 몸을 던졌다는 전설이 있다.

같이 지낸 지는 햇수로 6년인데 서로 데면데면한 적이 한 번도 없다. 소소하게나마 투닥거렸을 때, 언제나 내 쪽에 더 큰 허물이 있었음에도 먼저 화해를 청한 건 그였다. 전날 저녁에 내게 한 소리 들으면 그는 애처롭게 물러나 끽소리도 내지 않았다. 하지만 다음 날이면 이른 아침부터 다소곳이 내 침대 곁에 와서 기다렸던 것이다. 주인이 몸을 뒤척이거나 깰 기미가 보일라치면 침대 협탁을 꼬리로 살랑살랑 치면서 제 존재를 알렸다.

우리가 같이 지낸 이래 나에 대한 사랑이 단 한 번도 식지 않은 다정한 그를 어찌 예뻐하지 않을 수 있는가. 기억이 가물가물하여 다 열거할 순 없어도 한때 나를 좋아했으나 지금은 까마득히 잊은 이들이 있다. 한때 나의 친구였거나 연인이었거나 혹은 지인이었던 그들에게 이제 나란 존재는 아무것도 아니다. 그들의 뇌리에선 나의 이름도 가물가물할 터다.

그토록 사랑과 우정을 맹세하고 후의를 기약했건만! 경제적으로 의지해도 되고 허물없는 영원한 우정을 기대해도 좋다고 했건만!

사랑하는 나의 로진은 내게 그런 후의를 약속한 바 없으나 인간이 받을 수 없는 최상의 후의를 내게 베풀었다. 언제나 그렇듯 그는 오늘도 나를 사랑한다. 그리고 나도 일말의 주저 없이 그에 대한 사랑은 내 벗들에 대한 사랑 못지않다고 말한다.

18
신중

한편 조아네티는 내가 꺼낸 그 장황한 설명의 마무리를 기다리며 놀란 모습으로 내 앞에 가만히 서 있었다.

그런데 내가 갑작스레 실내복 옷깃에 머리를 묻고 더 이상 말이 없자 그는 더 자세히 아는 게 없어서 말문이 막힌 것이며 자신이 던진 의혹으로 내가 궁지에 몰렸다고 확신했다.

하지만 그는 의기양양한 기색을 보이지 않았고 그것을 이용해 뭔가를 해 보려고도 하지 않았다. 잠시 가만히 있다가 그림을 제자리에 놓고선 까치발로 조용히 물러났다. 자신이 그 자리에 있는 것만으로도 주인을 희롱하는 일이 될까 싶었고, 그리 세심하였으니 주인 모르게 물러났던 것이다.

이번 일에서 그가 보여 준 행동에 나는 깊은 감동을 받았으며 그를 더욱 각별히 여기게 되었다. 독자 여러분의 마음도 그러하리라 생각한다. 하물며 다음 장을 읽고도 그에 대해 각별한 마음이 생기지 않는 무정한 독자가 있다면 그는 타고난 목석일 것이다.

19
눈물

"제기랄! 자네에게 구둣솔을 사다 놓으라고 말하는 게 이번이 세 번째야."

어느 날 나는 그에게 소리를 질렀다.

"고집불통에 천치 같으니라고!"

그는 아무런 대꾸도 하지 않았다. 그 전날 밤에도 이렇게 호통을 쳤는데 그는 단 한마디 대꾸가 없었다. 그는 참 틀림없는 사람이라고 내가 입버릇처럼 말하곤 했는데 이게 어찌 된 일인지 모르겠다.

"구두 닦을 천이라도 갖고 오게!"

나는 화를 삭이지 못한 채 외쳤다. 그가 천을 찾으러 간

사이, 모진 소리를 한 게 갑자기 후회스러웠다. 양말에 닿지 않도록 조심하면서 구두의 먼지를 정성껏 털어 내는 그를 보노라니 화가 눈 녹듯 사라졌다. 미안하다는 표시로 그의 어깨에 손을 얹었다. '돈을 받고 구두를 닦는 사람도 있지 않은가……' 이런 생각을 하는데 '돈'이라는 말에 정신이 번쩍 들었다. 조아네티에게 생활비를 준 지 한참 되었다는 생각이 들었다. 나는 발을 뒤로 빼면서 물었다.

"이보게 조아네티, 수중에 돈이 있나?"

이 물음에 그의 입가엔 사필귀정의 미소가 살짝 어렸다.

"없습니다, 나리. 돈이 떨어진 지 이미 일주일 됐네요. 제 쌈짓돈도 소소한 장을 보느라 다 써 버렸습니다."

"그렇다면, 구둣솔은? 돈이 없어서?"

그는 다시 미소를 지었는데, 그보다 주인에게 이렇게 따졌어야 했다.

'아뇨. 전 천치도 고집불통도 아닙니다. 충직한 하인에게 그런 식으로 말하는 당신이야말로 못됐죠. 제가 받아야 할 23리브르 10수 4드니에만 주시면 구둣솔은 얼마든지 사다 바치겠습니다.'

하지만 그는 자신의 주인을 무안하게 만들기보다 차라리 부당한 대우를 받는 쪽을 택했다. 정말 축복받을 사람이다!

철학자여, 기독교인이여, 이런 사람의 얘기를 어떤 책에서든 본 적이 있는가?

"여기 있네, 조아네티. 가서 구둣솔을 사 오게."

나는 말했다.

"그런데요, 나리. 한쪽은 검고, 다른 한쪽은 흰 구두를 신을 생각이십니까?"

"가서 구둣솔이나 사 오게. 구두의 먼지는 신경 쓰지 말고."

그는 나갔다. 나는 천을 집어 들고 남은 왼쪽 구두를 흐뭇한 마음으로 닦는데, 구두 위로 참회의 눈물이 떨어졌다.

20
알베르트와 로테

내 방 벽엔 판화와 그림이 많이 걸려 있는데, 그 덕분에 방 분위기가 그럴싸하다. 마음 같아선 책상까지 가는 그 여정 동안 눈요기도 하고 머리도 식힐 겸 그 작품들을 독자 여러분에게 하나하나 보여 드리고 싶다. 하지만 묘사된 글을 그림으로 그리는 일이 쉽지 않듯이 말로 그림을 푸는 것도 쉬운 일이 아니다.

제일 먼저 시야에 들어온 판화 앞에서 우리는 격한 감정에 싸일 것이다. 비운의 로테가 떨리는 손으로 천천히 알베르트의 권총을 닦는 장면이다.● 희망도 위안도 없는 불안한 사랑의 그림자가 불길한 예감과 더불어 그녀의 얼굴에 드

●『젊은 베르테르의 슬픔』 18장 참조.

리워져 있다. 한편 냉정한 알베르트는 소송서류와 온갖 고문서 꾸러미에 파묻혀 있다가 무심한 태도로 몸을 돌리더니 심부름꾼 아이에게 "여행 잘 하시라"는 말을 친구에게 전하라고 한다. 나는 그 판화에 씌워진 유리를 깨고 들어가 책상에 앉아 있는 알베르트를 끌어내어 그놈을 요절내고 짓밟고 싶은 충동을 수없이 느꼈다. 그러나 세상은 알베르트 같은 놈들로 우글댈 것이다.

그들은 영혼의 토로와 여린 감성 그리고 꿈의 나래를 마치 바위가 파도를 조각내듯 부숴 버린다. 그런 자들을 가까이하지 않는 감수성 깊은 이는 누구일까? 마음과 영혼의 결이 그와 같은 벗을 둔 이는 행복할지어다. 그는 취향과 감성과 지성이 일치하여 서로 하나 될 수 있는 벗이며, 야망과 욕심으로 번민하지 않고 궁전의 화려한 의식보다 차라리 나무 그늘을 향해 발걸음을 옮기는 벗이다. 그런 벗을 둔 이는 행복할지어다!

21
벗

내게도 그런 벗이 있었으나 죽음이 내게서 그를 앗아 갔다. 내게 그의 우정이 절절할 때 죽음은 자신의 직분에서 막 피어나던 그를 앗아 갔다. 비참한 전장에서 우리는 의지했다. 같은 파이프를 나눠 피웠고 같은 컵으로 물을 마셨으며 같은 막사에서 잠을 청했다. 아무리 혹독한 곳일지라도, 우리가 같이하는 그곳은 언제나 제2의 고향이었다. 그는 모든 것을 집어삼키는 전쟁의 온갖 위험 앞에 놓이기도 했었다. 죽음이 우리를 비껴가는가 했다. 죽음은 호시탐탐 수없이 그를 노렸으나 번번이 허사로 돌아갔기 때문이다. 하지만 그랬기에 그의 죽음은 나를 더 애닯게 했다. 무기들이 맞부

뒤치는 가운데 위험 앞에서 광기가 인간의 영혼을 지배하는 상황이었다면, 그의 비통이 내 폐부에 이르지는 못했을 것이다. 그의 죽음이 조국엔 이로움이요, 적에겐 재앙이었다면 나는 덜 애달팠을지 모른다. 그러나 동계 숙영지에서 잘 지내던 차에 그를 잃은 것이었으니 한창때의 그가 내 품에서 죽어가는 것을 지켜봐야 했다. 휴식과 안정을 취하며 우리 우정이 더욱 돈독해질 때였다. 아, 이런 나의 상실감은 어디서도 위로받지 못할 것이다.

하지만 그에 대한 추억은 내 가슴속에만 살아 있을 뿐 주변 사람들은 더 이상 그를 기억하지 않으며 그의 자리를 다른 것으로 채워 버렸다. 이런 생각에 미치면 그를 잃은 슬픔은 더욱 견디기 어려워진다.

개인의 운명이야 어찌 되었든 자연은 화려한 봄옷으로 갈아입고 그가 잠든 무덤가를 아름답게 꾸민다. 나무는 푸른 잎으로 덮이고 가지는 이리저리 뻗어 오른다. 새들은 잎사귀 뒤에서 노래하고 벌들은 붕붕거리며 꽃밭을 날아다닌다. 죽은 자가 안식을 취하는 곳에서 삼라만상은 생명과 그 기쁨을 마음껏 누린다.

달이 휘영청 밝은 밤이면 나는 이 슬픈 안식처 곁에서 상념에 잠긴다. 친구의 적막한 무덤에 돋은 풀잎 사이로 귀뚜

라미는 흥에 겨운 듯 쉬지 않고 노래한다. 덧없이 져 버린 생명과 인간의 모든 고통이 이 위대한 전체 안에서 일절 부질없다. 동료들의 애통 속에 최후를 맞이한 감수성 여린 한 젊은이의 죽음과 아침 찬 기운을 맞고 꽃받침 위에 져 버린 한 마리 나비의 죽음은 자연의 흐름 앞에선 하나 다를 바 없는 두 개의 사건일 뿐이다. 인간이란 그저 허공에 흩어져 버릴 운명을 지닌 유령 같은 존재며 한 조각 그림자이자 한 줄기 연기다.

여명이 하늘을 밝히기 시작한다. 나를 어지럽히던 음울한 상념은 어둠과 더불어 물러나고 희망이 다시 가슴에서 살아난다. 아니다. 동녘을 빛으로 채우는 그분은 나를 이내 허무의 어둠 속에 빠뜨리고자 내 눈을 부시게 만드는 것이 아니다. 이 광대한 지평선을 펼쳐 놓은 그분은, 태양이 정상의 만년설을 황금빛으로 물들일 수 있도록 거대한 산맥을 우뚝 세워 놓은 그분은 내 가슴이 다시 뛰도록, 내 정신이 다시 사유하도록 주재하신 바로 그분이다.

아니다. 내 친구는 무無로 돌아간 것이 아니다. 우리를 갈라놓은 그 장애가 어떠한 것이든 나는 그를 다시 만나리라. 공허한 삼단논법으로 희망의 집을 짓는 게 아니다. 허공을 가로지르는 날벌레의 비상을 보고도 나는 확신한다. 전원의 풍경, 대기의 향기, 나를 둘러싼 이름 모를 매혹에 사고는 고양되고, 마침내 거부할 수 없는 영원에 대한 확신이 거침없이 내 영혼 속으로 밀고 들어와 그 안을 가득 채우고 있으니.

22
제니 양

방금 쓴 장은 한참 전부터 쓰려다 번번이 접었던 글이다. 이 책에선 내 영혼의 밝은 부분만 드러내겠다고 다짐했는데, 다른 많은 다짐과 마찬가지로 이 다짐도 지켜지지 못했다. 사려심 많은 독자라면 독자의 눈물이나 짜내려 한 이 사람을 용서해 주길 바란다. 차라리 이 장은 없는 것이 낫다고 여기는 독자가 있다면 이 장을 찢어 버려도 좋고 아니면 이 책을 통째로 태워 버려도 좋다.

가장 사랑받는 여인 중의 여인이며, 누이 중의 누이인 친애하는 제니 양,• 그대의 마음에만 든다면 저로선 더할 나위 없습니다. 이 책은 그대에게 바치는 것이기 때문이죠. 그대가 흡족히

●프랑스 소설가 마리 잔느 리코보니의 『제니 양 이야기』의 주인공. 『제니 양 이야기』는 『젊은 베르테르의 슬픔』의 주인공 로테가 어릴 때 즐겨 읽던 작품이기도 하다.

여긴다면, 섬세하고 사려 깊은 모든 이의 마음에도 그러할 것입니다. 본의 아니게 저지른 나의 허물을 그대가 용서해 준다면, 나는 세상의 온갖 비판을 감내할 수 있답니다.

23
판화들

다음 판화에 대해서는 긴 이야기를 하지 않으련다.

그것은 비운의 우골리노 백작•이 자식들과 더불어 굶어 죽어 가는 모습을 담은 판화다. 발치엔 그의 아들 한 명이 미동도 없이 쓰러져 있고, 나머지 자식들은 앙상한 팔을 내밀며 먹을 것을 달라고 한다. 이 비운의 아비는 감옥 기둥에 몸을 기댄 채 아무런 표정도 없이 멍하니 허공을 응시하고 있다. 절망이 극에 달했을 때 나타나는 무시무시한 적막 속에서 그와 그의 자식들은 죽어 가는 가운데 인간이 겪을 수 있는 모든 고통을 겪고 있다.

그다음은 용맹스러운 아사스의 기사••를 묘사한 판화다.

•단테의 『신곡』에 등장하는 인물이다. 저자가 언급하고 있는 작품은 귀스타브 도레의 판화로 보인다.

••루이 다사스 뒤 메르쿠. 훗날 '아사스의 기사'라고 불리게 된 그는 오베르뉴 연대의 장교였다. 몰래 침투하는 적에게 생포되었

단테의 『신곡』에 등장하는 우골리노 백작이 그 자식들과 함께 굶어 죽어 가는 모습을 담은 판화다. 절망이 극에 달했을 때 나타나는 무시무시한 적막 속에서 그와 그의 자식들은 인간이 경험할 수 있는 모든 고통을 겪고 있다.

아사스의 기사를 묘사한 판화다. 몰래 침투하는 적에게 생포되었으나 죽음을 무릅쓰고 소리쳐 아군을 위험에서 구해 냈다.

조난당한 영국인 선원 잉클과 흑인 여인 야리코의 사랑 이야기를 묘사한 판화다. 노름빚을 진 잉클은 임신한 야리코를 노예로 팔아 버렸다.

사보이아 알프스 기슭의 양치기 처녀를 모델로 한 판화다. 판화 속 풍경은 목가적이지만, 저자의 눈엔 그 평화로운 풍경 속에 전쟁의 그림자가 드리워져 있다.

적의 창칼 세례를 맞고 죽어 가면서도 그가 보여 준 용기와 영웅적 행위는 오늘날의 사람들은 상상도 할 수 없는 것이다.

그리고 종려나무 아래서 슬피 우는 그대여, 가엾은 검은 피부의 여인이여![●] 영국인이라고도 할 수 없는, 어떤 짐승만도 못한 인간이 그대를 욕보이고 버렸구나. 아니, 버린 게 아니었다. 그대가 그토록 사랑하고 헌신했으며 배 속에 사랑의 결실을 품고 있었음에도 냉혹하게 그대를 천한 노예로 팔아 버렸다. 그대를 볼 때마다 난 그대의 고운 마음과 그대의 슬픔을 떠올린다.

이제 다른 그림 앞에 잠시 서 보자. 알프스 고원에서 양치기 처녀가 홀로 양 떼를 돌보고 있다. 그녀는 여러 겨울을 거치며 쓰러져 하얀 고목이 된 전나무 밑동에 앉아 있다. 커다란 연지붓꽃잎이 그녀의 발을 가리고 있고, 라일락은 그녀의 키보다 높게 자랐다. 라벤더, 백리향, 아네모네, 수레국화 등 우리가 온실과 뜰에서 공들여 키우는 많은 꽃은 본디 야생의 아름다움을 간직하고 알프스 기슭에서 피어난 꽃들이다. 그렇게 피어난 꽃들이 화사한 융단을 이루고 그 위에서 그녀의 양들이 노닌다.

사랑스러운 양치기 처녀여, 그대의 행복한 보금자리는 어

으나 죽음을 무릅쓰고 소리쳐 아군을 위험에서 구했다.

●1787년에 초연된 영국의 오페라 『잉클과 야리코』에 등장하는 인도인 역의 여주인공을 가리킨다.

디에 있는가? 동틀 무렵 그대는 어느 외딴 오두막을 나섰는가? 내가 거기 가서 그대와 함께할 순 없을까? 아, 애석한 일이다. 그대가 누리던 달콤한 평온도 오래지 않아 사라질 터이다. 전쟁의 악령은 도시를 유린한 것으로도 모자라 홀로 지내는 그대의 은둔처마저 공포로 뒤흔들 셈이다. 벌써 군인들이 들이닥치고 있다.• 그들은 구름에라도 닿으려는 듯 산을 넘고 또 넘는다. 대포 소리가 천둥소리보다 더 크게 들린다. 양치기 처녀여, 도망쳐라. 양 떼를 몰고 사람 발길이 닿지 않는 가장 외진 동굴로 피신하라. 이 고통스러운 세상에 더는 안식할 곳이 없다.

• 1792년, 사보이아에 쳐들어오던 프랑스 혁명군을 가리킨다.

24
회화와 음악

어쩌다 이리됐는지 모르겠다. 어느 순간부터 글들이 음울한 어조로 끝을 맺는다. 글을 시작할 때만 해도 뭔가 즐거운 상념을 불러일으킬 만한 대상에 주목하려고 했는데 뜻대로 되지 않는다. 잔잔한 틈을 타 배를 띄울 심산이었건만 이내 폭풍을 맞아 격랑에 휩쓸린 꼴이다. 내 상념을 통제 불능으로 만들어 버리는 격정에 종지부를 찍고 격렬한 심상들로 터질 것 같은 마음을 누그러뜨리기 위해서는 이론적인 글을 한 편 쓰는 것 외에 달리 뾰족한 처방은 없을 것이다. 그렇다. 이 달궈진 가슴에 얼음 한 조각이라도 올려놓아야 한다.

그런 글을 쓴다면 회화에 대한 글이 될 것이다. 다른 주제를 가지고 글을 쓴다는 건 내 역량 밖이기도 하거니와 힘들게 오른 곳을 바로 내려오는 일도 내키지 않기 때문이다. 그리고 회화는 내게 토비 아저씨•의 목마와 같은 것이기 때문이다.

말이 나온 김에 한 가지 문제를 짚고 가 보자. 회화와 음악은 둘 다 매력적인 예술 장르인데, 그중 어느 쪽이 더 우월하다고 할 수 있을까? 사실 이는 모래 알갱이 한 개 혹은 원자 한 조각 정도 되는 것을 저울 한쪽에 실어 주는 행위에 불과하다.

일단 화가는 뒤에 무언가를 남긴다는 점에서 회화에 무게를 실어 줄 수 있다. 그러니까 화가는 죽어도 그림은 남아 그를 영원히 기리도록 만들어 준다.

작곡가의 경우에도 오페라와 합창곡을 남긴다고 반박할 수 있다. 하지만 음악 작품은 유행에 따라 변화를 겪을 수밖에 없는데 회화 작품은 그렇지 않다. 앞 세대를 감동시켰던 음악이 오늘날의 음악 애호가들에겐 우스꽝스럽게 들릴 수 있으며 한때 감동의 눈물을 흘리게 만들었던 작품이 자식 세대에 와서는 우스개로 전락할 수도 있는 것이다.

하지만 라파엘로의 회화 작품은 옛사람에게 감명을 안겨

• 로렌스 스턴의 소설 『신사 트리스트럼 샌디의 인생과 생각 이야기』에 등장하는 인물.

준 것처럼 그 후손들에게도 감명을 안겨 준다.

이것이 내가 저울 한쪽에 얹는 모래 알갱이 하나라면 하나라고 할 수 있다.

25
반박

하루는 드 오카스텔 부인이 내게 이렇게 말했다.

"케루비니•나 치마로사••의 음악이 이전 사람들의 음악과 다른들, 그게 뭐 대순가요? 요즘 음악이 내 귀에 감미로우면 됐지, 옛날 음악이 우습든 말든 그게 무슨 상관인가요? 제 고조모님이 좋아했던 것을 좋아해야 제가 음악을 제대로 향유할 수 있는 건 아니잖아요? 회화에 대해 무슨 말씀을 하고 싶으신 거죠? 모든 사람이 향유하는 음악에 비해 회화는 아주 극소수 계층만 향유하는 장르가 아니던가요?"

이 장을 쓰려고 할 때만 해도 전혀 예상치 못한 반박이었는데, 지금도 이와 같은 반박에 뭐라 답해야 좋을지 모르겠

• 루이지 케루비니. 이탈리아의 음악가. 주로 오페라 곡과 종교음악을 작곡했다.

•• 도메니코 치마로사. 이탈리아의 오페라 작곡가.

다. 이런 반박이 있을 줄 알았더라면 나는 앞서와 같은 주장을 개진하지 않았을 것이다. 그런데 이런 말을 하는 게 음악을 하는 이로서 무슨 꿍꿍이가 있어 그러나 보다 생각하면 안 된다. 명예를 걸고 말하건대 난 음악가라고 할 수 없기 때문이다. 이는 하느님과 내 바이올린 연주를 들었던 사람들이 증언해 줄 것이다.

그런데 두 예술이 지닌 미덕이 서로 비슷하다고 해서, 각 예술에 종사하는 예술가들의 미덕도 서로 비슷하다는 식의 성급한 결론은 내릴 수 없다. 어린아이가 하프시코드를 위대한 명인처럼 연주할 수는 있지만 열두 살짜리 위대한 화가는 찾아보기 어렵다. 음악과 달리 회화에서는 취향과 감각 외에 사유하는 머리가 요구되기 때문이다. 반면, 머리와 가슴이 없어도 바이올린과 하프에서 멋진 소리를 끄집어내는 연주가를 우리는 얼마든지 찾아볼 수 있다.

우리의 동물성을 훈련시키면 그는 얼마든지 하프시코드를 연주할 수 있을 것이고 좋은 선생에게 배우면, 우리의 손가락은 영혼의 부재 속에서도 기계적으로 음을 뽑아낼 수 있을 것이다. 물론 그사이 우리의 영혼은 제 가고 싶은 데로 돌아다닐 테고 말이다. 하지만 회화에서는 아주 간단한 사물을 그릴 때라도 영혼이 제 능력을 다 발휘하지 않으면 안

된다.

그런데 여기서 누군가 작곡과 연주를 구분해야 한다고 반박하면 나로선 좀 난감해진다. 하지만 그런들 어떠랴. 진솔한 자세로 이론을 개진하는 사람이라면, 누구나 다음과 같이 답할 것이다. 어떤 문제에 대해 이론적으로 분석하는 글을 쓸 때는 어조가 단정적이 되곤 하는데, 이는 글쓴이가 제가 회화를 옹호할 때 그랬던 것처럼 겉으론 공정한 척하면서 미리 어떤 암묵적 판단을 내리고 있었기 때문입니다. 그렇게 쓴 글은 반박을 낳을 수밖에 없고, 결론은 미심쩍을 수밖에 없지요.

26
라파엘로와 포르나리나

이제 좀 진정이 되었으면 알프스의 양치기 처녀 그림 곁에 걸린 두 개의 초상화에 대한 얘기로 넘어가도록 하자.

라파엘로! 그대의 초상화는 오직 그대만이 그릴 수 있는 것이다. 누가 감히 그대의 초상화를 그릴 수 있겠는가? 총기 넘치고, 감수성 짙고, 영적인 분위기가 물씬 풍기는 그대의 얼굴을 보면 그대의 기질과 천재성이 드러난다.

그대의 영혼을 위로하고자 나는 그대 곁에 연인•의 초상화를 걸어 놓았다. 하지만 후대의 뭇 남성들은 그대의 요절로 빛을 보지 못한 숭고한 걸작들이 안타까운 나머지 요절에 대한 책임을 그녀에게 물을 것이다.

•「라 포르나리나」라는 작품의 모델인 마르게리타 루티를 가리킨다.

「자화상」, 라파엘로 산치오, 1506년, 패널에 템페라,
47.5×33cm, 이탈리아 피렌체 우피치미술관.

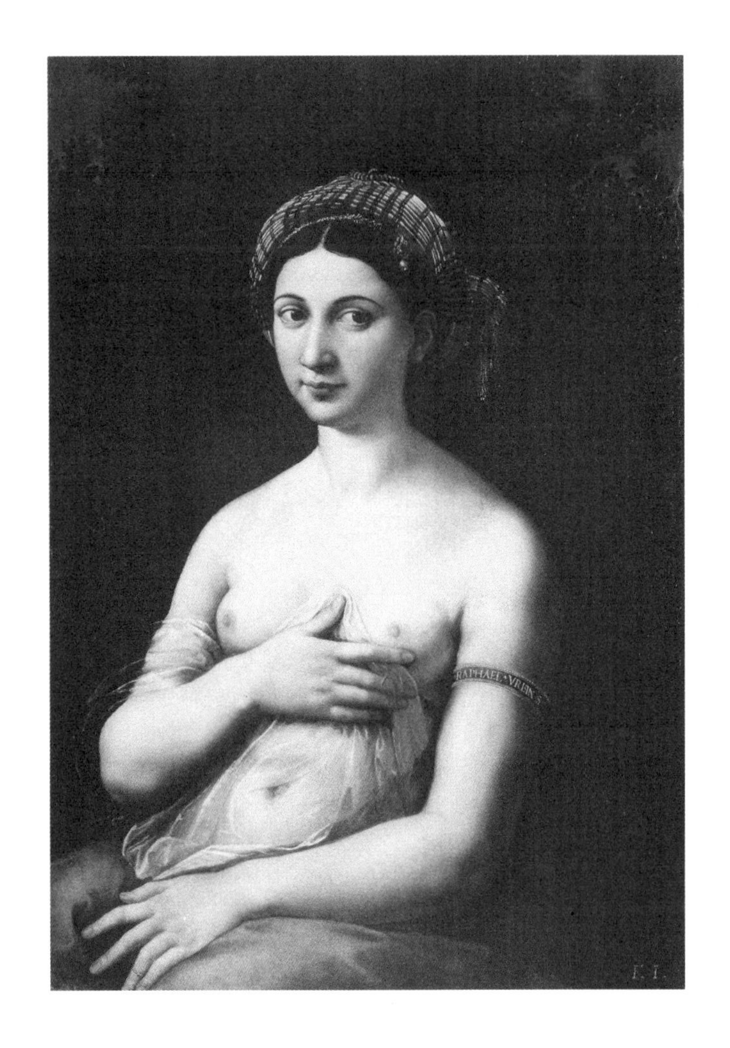

「라 포르나리나」, 라파엘로 산치오, 1518-1519년, 목판에 유채, 60×85cm, 로마 국립고대미술관.

라파엘로의 초상화를 바라보고 있으면 나는 이 위대한 사람에게 종교에 가까운 경외심을 품는다. 약관의 나이에 그는 고대 미술을 뛰어넘었으며, 그의 그림은 근대 화가들에게 경탄과 절망을 동시에 안겨 주었다. 그런데 그를 우러러 바라보는 나의 영혼은 이 이탈리아 여인에게 적개심을 느낀다. 연인보다 사랑이 먼저였던 이 여인은 자신의 풍만한 가슴으로 하늘이 내린, 천상의 불꽃을 피우던 천재를 질식시키고 말았던 것이다.

딱한 여인이여, 그대는 라파엘로가 「그리스도의 변용」을 능가하는 작품을 그리겠다고 한 것을 몰랐는가? 그대는 당신의 가슴에 안긴 이가 자연의 총애를 받는 열정의 화신이자 숭고한 천재라는 것을, 더 나아가 신성 그 자체라는 것을 몰랐단 말인가?

그런데 나의 영혼이 이런 감상에 빠져 있는 동안 나의 동물성은 치명적인 아름다움을 지닌 매혹적인 얼굴에서 눈을 떼지 못하고 라파엘로가 요절한 것에 대한 그녀의 책임을 기꺼이 용서하고자 한다.

이런 말도 안 되는 유약함을 보여 주는 나의 동물성에게 나의 영혼이 아무리 싫은 소리를 해도 쇠귀에 경 읽기다. 이런 일이 벌어지면 둘 사이에 아주 기묘한 대화가 오고 가는데, 대부분 바람직하지 않은 원칙을 세우는 것으로 귀결되곤 한다. 이에 대한 또 다른 사례는 다른 장에서 소개하겠다.

그런데 그때 나의 영혼이 그림 보는 일을 당장 멈추지 않고, 타자가 풍만하고 우아한 이 아름다운 로마 여인을 탐닉하도록 내버렸다면, 지성은 추레하기 그지없이 그 최고의 권능을 상실하고 말았을 것이다.

그리고 그 결정적 순간에, 그나마 라파엘로의 미망을 눈감아 줄 수 있는 그 천재성의 번뜩임도 없이, 행운아 피그말리온에게 부여된 특권이 갑자기 내게도 주어졌다면, 나 역시 그렇게, 그가 그랬던 것처럼 질식하고도 남았을 터다.

27
걸작 중의 걸작

내가 앞서 언급했던 판화와 그림들은 다음 작품으로 시선을 옮기는 순간 빛을 잃고 말 것이다. 라파엘로, 코레조• 등 모든 이탈리아 화가가 낳은 불멸의 명작도 이 작품엔 견줄 길이 없다.

나는 결정적 순간에 공개하려고 이 작품을 미공개 소장품처럼 간직해 왔다. 여기서 결정적 순간이란 호기심 많은 길동무에게 나와 여행하는 즐거움을 선사하고 싶은 마음이 들 때다. 그간의 경험에 비추어 보건대, 그림을 볼 줄 아는 사람, 그림에 문외한인 사람, 사교계 사람, 손재주를 가진 사람 그리고 여자, 아이, 심지어 동물에 이르기까지 그가 누

• 안토니오 다 코레조Antonio da Correggio. 본명은 안토니오 알레그리. 코레조 출신이어서 곧잘 코레조라 불렸다. 이탈리아 르네상스 시기의 화가.

구건 이 작품을 보여 주면 그들은 저마다의 방식으로 기쁨과 놀라움을 표시했다. 경이로울 만치 그 작품엔 자연스러움이 깃들어 있었던 것이다.

신사 숙녀 여러분은 자기 자신을 충실하게 재현한 것 말고 자신 있게 좋다고 말할 수 있는 다른 그림이나 광경을 알고 있는가? 그렇다. 내가 말하는 회화 작품이란 바로 거울이다. 여태껏 이 작품을 두고 감히 비판하려든 이는 없다. 누가 보더라도 이 작품은 군말을 허용치 않을 만큼 완벽하기 때문이다.

거울이라는 작품은 지금 내가 여행하는 세상에서 만날 수 있는 경이로움 가운데 하나라는 것을 여러분도 인정할 것이다.

매끈한 표면에서 자연의 모든 것을 반사시키는 빛의 신비로운 현상을 바라보며 느끼는 자연과학자의 희열을 여기선 논하지 않기로 한다. 거울은 붙박이 여행자에게 흥미로운 사색과 관찰을 수없이 제공하는데, 이것만 보더라도 거울은 가장 유용하고 소중한 물건임에 틀림없다.

사랑의 왕국에 잡혀 있거나 거기서 아직 헤어 나오지 못하는 그대가 알아야 할 것이 있다. 사랑이 화살촉을 벼리면서 어떻게 하면 연인들을 더 고통스럽게 만들까 고민하는 것은 바로 거울 앞에서라는 사실이다. 거울 앞에서 사랑은 계략을 꾸미고 기동전략을 세운 뒤 선전포고를 외칠 만반의 준비를 마친다. 또한 거울 앞에서 사랑은 관객 앞에 나서기 전에 표정 연습을 하는 배우처럼 다정한 눈길을 보내는 법, 깜찍한 애교를 부리는 법, 영악하게 토라지는 법을 연습한다. 언제나 공정하고 올바른 거울은 자신을 비춘 자에게 그것이 청춘의 홍조가 되었든 노년의 주름이 되었든 있는 그대로의 모습을 보여 준다. 왜곡하거나 알랑거리는 법이 없다.

이런 점 때문에 나는 자신의 미덕과 악덕을 비춰 볼 수 있는 양심의 거울을 만들고 싶었다. 나 혼자 아무리 궁리해 봤자 소용이 없으니 포상을 약속하고 학계에 공모를 해 볼까도 생각했다.

애석하게도 추함이 자신의 실상을 알아보고 거울을 깨 버리는 일은 참으로 드물다. 거울을 사방팔방에 배치하여 기하학적으로 정확하게 빛과 진실을 투영하려 한들 소용이 없다. 반사된 빛이 우리 눈에 들어와 있는 그대로의 모습을 비추려 할 때, 우리 자신과 우리의 상 사이에 놓여 있는 왜곡의 프리즘에 자기애가 스며들고 결국 우리 눈앞에 제시되는 건 성스러운 그 무엇이 된다.

위대한 뉴턴이 처음 만든 이래 세상에 존재하는 모든 프리즘 가운데 자기애 프리즘만큼 강한 굴절력을 지닌 데다 매력적이고 생기발랄한 색채를 발산하는 프리즘도 없을 것이다.

그런데 일반적인 거울이 진실을 보여 주지 못하고 사람들이 제멋대로의 모습에 취해 자신의 불완전한 형상을 인지하지 못하는 상황에서, 내가 고안한 양심의 거울이 제대로 쓸모가 있을까? 그 거울에 자신을 비춰 볼 이도 없을 것이며, 비춰 보더라도 거기에 비친 자신의 모습을 알아볼 이도 없을 것이다. 철학자는 예외일 수도 있겠으나 이마저도 난 좀 미심쩍다.

이런 것이 거울이라면 독자 여러분은 내가 이탈리아 학파의 회화보다 거울을 더 높이 치는 것에 대해 뭐라 하지 말았으면 한다. 따라서 취향에 오류가 없고 판단에 흔들림이 없는 여인들은 집 안에 들어설 때면 제일 먼저 거울이라는 이 회화 작품에 눈길을 던진다.

무도회에서 여인들뿐 아니라 남자들까지 이 매력적인 회화 작품을 대놓고 만끽하느라 파트너는 물론, 춤도 잊고 무도회의 모든 즐거움까지 망각하는 경우를 수없이 보았다. 아주 신나는 카드리유를 추는 와중에도 경탄해 마지않는

가운데 그 작품을 힐끔거린다.

이러니 아펠레스•의 걸작 반열에 이 작품을 올려놓는다 해서 누가 이의를 달 것인가?

• 기원전 4세기경에 활약했던 고대 그리스의 화가. 알렉산드로스 대왕 치하에서 궁정화가를 지내기도 했다.

28

의자에서 넘어지다

책상에 거의 다 이르렀을 때였다. 가까운 쪽의 책상 모서리가 손을 뻗으면 닿을 정도였다. 바로 그때 하던 모든 일을 수포로 만들고 목숨까지 잃을 뻔한 사건이 일어났다. 다른 여행자들의 사기를 꺾고 싶지 않다면 내게 일어난 이 사건은 조용히 묻어 두는 편이 나았을 것이다. 자신이 탄 역마차가 전복되는 사고가 심심찮게 일어난다거나 정말 재수가 없어야, 그러니까 나처럼 재수 옴 붙어야 그런 위험을 겪는 게 아니라면 나는 입도 벙긋하지 않고 넘어갔어야 했다.

나는 완전히 나동그라져 바닥에 널브러졌다. 너무 갑작스러운 일이라 머리가 띵하게 울리고 왼쪽 어깻죽지가 얼얼

하여 이보다 더 분명하게 생시라는 증거가 없음에도 이 재난이 꿈인지 생시인지 분간할 수 없을 정도였다.

이번에도 나의 반쪽이 나를 골탕 먹였다. 조용한 와중에 로진이 문 앞에서 적선을 구하는 어떤 거지를 향해 짖자 이 소란에 놀란 내 반쪽이 갑자기 의자에서 몸을 틀었는데, 미처 나의 영혼이 뒤에 받침 벽돌이 없다는 것을 경고할 틈이 없었던 것이다. 의자는 무게중심을 잃으면서 내 위로 쓰러졌다.

고백건대 이런 경우가 내가 내 영혼에게 가장 짜증 날 때다. 내 영혼은 직전까지 넋 놓고 있던 자신을 탓하거나 덤벙대는 그의 짝에게 화를 내는 대신, 그 가엾은 사람에게 이성을 잃고 짐승 같은 분노와 욕지거리를 뱉어 냈다.

"이런 게으름뱅이 같으니라고! 어디 가서 일할 생각은 않고 말이야!"

(이건 수전노나 인정머리 없는 부자가 내뱉을 수 있는 아주 몹쓸 욕이었다.) 그는 나를 진정시키려는 듯 말했다.

"나리, 전 샹베리에서 왔습니다만……."

"그래서 어쩌라고?"

"제 이름은 자크라고 합니다. 거기서 뵌 적이 있습죠. 양을 돌보는 일을 했었습니다."

"근데 여긴 무슨 일인가?"

내 영혼은 앞서 욕설을 쏟아 낸 것을 후회하기 시작했다. 내가 볼 때 내 영혼은 그 말을 내뱉기 직전에 이미 후회부터 하지 않았나 싶다. 이는 마치 길을 가다가 갑자기 도랑이나 웅덩이를 만났을 때 뻔히 그것을 보면서도 피하지 못하는 것과 비슷하다.

결정적으로 내가 이성을 찾고 후회의 마음을 갖게 된 것은 로진 때문이었다. 로진은 자기에게 먹을 것을 곧잘 나눠 주곤 하던 자크를 알아보았던 것이다. 로진은 그 추억과 고마움을 꼬리를 살랑거리는 것으로 보여 주었다.

그러는 사이 조아네티는 원래 그의 몫이었던 내가 남긴 음식을 챙겨서 주저 없이 자크에게 건넸다.

가엾은 조아네티!

이처럼 나는 이 여정에서 나의 하인과 나의 개에게 철학과 인도주의를 배우고 있다.

29
불행

이 여행을 계속하기 전에 독자 여러분 마음속에 깃들었을 의혹 하나를 거두고 가련다.

행여 내가 이 여행을 떠나게 된 것이 상황에 몰려 어쩔 수 없이 그랬던 것이라고 생각하지 말기를 바란다. 내게 소중한 모든 것을 걸고 단언컨대, 42일간 내 자유를 앗아간 그 일이 터지기 훨씬 전에 난 이 여행을 궁리하고 있었다. 어쩌다 가택 연금을 당하여 예정보다 일찍 여행을 떠나게 되었을 뿐이다.

입증할 길 없는 이런 주장이 혹자에게는 의심을 더 부추기는 꼴이 될 수도 있다. 하지만 그 정도로 의심이 많은 사람이라면 이 책을 읽을 리도 없고, 그런 사람들은 가족과 친구와 여러 일로 공사다망할 터이다. 하지만 너그러운 이들은 내 말을 믿어 주리라.

그럼에도 다른 때에 이 여행을 떠났으면 하는 아쉬움은 있다. 그럴 수 있었다면 나는 사육제 때보다 사순절 때 여행을 떠났을 것이다.• 하지만 하늘이 내려 준 철학적 성찰 덕에 나는 소란과 흥분으로 가득할 즈음 토리노가 선사하는 쾌락을 맛보지 못한다는 사실을 그나마 견딜 수 있었다. 그 성찰이란 이렇다. 내 방의 벽이 무도회장의 벽처럼 화려하게 꾸며져 있는 것도 아니고, 이 쪽방의 적막이 음악과 춤이 자아내는 흥겨운 소음에 비할 바도 아니나 화사하게 꾸미고 그 축제에 참여한 이들 가운데 나보다 더 따분하기 그지없는 처지의 친구들이 꼭 있으리라는.

이뿐만 아니라 세상에는 나보다 더 불행한 처지에 놓인 사람도 많은데, 나보다 더 나은 처지에 놓인 사람들에게 연연할 필요가 있겠는가? 내가 행복하다는 것을 알기 위해 상상의 나래를 펼쳐 가며, 묘령의 위제니••가 그 많은 여인의 미모를 무색하게 만드는 호화로운 무도회장으로 찾아갈 필요가 없다. 그 무도회장으로 이어지는 길목에 잠시 멈춰 서 보는 것만으로도 충분하다.

• 사순절은 40일의 기간을 의미하며, 부활절을 맞이하기 직전의 기독교 전례 계절을 가리킨다. 사육제는 금욕과 경건의 사순절과 부활절을 맞이하기 직전에 벌였던 방종의 행사를 가리킨다.

•• 당시 토리노의 소문난 미녀. 31장에도 등장한다.

으리으리한 주택이 모여 있는 거리의 주랑 밑을 보면, 궁핍한 이들이 헐벗은 채 널브러져 있다. 그들은 추위와 허기로 죽어 가는 처지다. 이 얼마나 비참한 모습인가! 내 책에서 이 부분만큼은 널리 읽혔으면 한다. 그리하여 가장 매서운 이 겨울밤에 모두가 풍요를 들이쉬는 듯한 이 도시에서 저택의 경계석이나 출입구 계단을 베개 삼아 아무것도 덮지 않고 잠을 청하는 불우한 사람이 많다는 것을 사람들이 알았으면 한다.

이쪽에선 어린아이들이 얼어 죽지 않기 위해 서로를 부둥켜안고 있고, 저쪽에선 한 여인이 신음 소리도 없이 추위에 떨고 있다. 오가는 이들은 이런 광경에 무뎌졌는지 감정의 동요가 없다. 마차가 지나가는 소리, 흥청거리는 소리, 떠들썩한 음악 소리, 이 모든 소리가 간간히 비참한 이들의 고통소리와 섞이며 끔찍한 불협화음을 자아내고 있다.●

●'끔찍한 불협화음'이라는 표현은 빅토르 위고의 시집 『황혼의 노래』에서 따온 것이다.

30
자비

앞 장을 읽고 성급하게 도시 전체를 매도한다면 이는 큰 잘못을 범하는 것이다. 내가 말하고자 했던 건 도시에 존재하는 불우한 이들과 그들의 가련한 외침 그리고 그들을 외면하는 일부의 무관심이다. 나는 인정 많은 사람들에 대한 얘기는 하지 않았다. 그들은 다른 이들이 향락에 빠져 있는 동안 집에서 잠을 청하고, 새벽같이 일어나 누가 알아주든 말든 불우한 이들을 돕는다. 물론 이에 대한 얘기를 하지 않고 넘어갈 요량은 아니었다. 다만 모두가 읽어 주었으면 한다는 그 페이지를 넘긴 뒤에 이 얘기를 쓰고 싶었다.

그들은 자신이 가진 것을 이웃과 나누고 고통으로 일그러진 사람들의 마음에 향유를 부어 준 뒤 성당으로 향한다. 방탕한 이들은 털이불 속에서 지쳐 곯아떨어진 그때, 그들은 하느님께 기도를 올리고 그 은혜에 감사를 드린다. 홀로 덩그러니 타오르던 성전의 등불이 여명의 빛과 힘겨운 싸움을 하고 있을 때 그들은 제단 앞에 조아린다. 이에 인간들의 무정함과 이기심에 격노했던 하느님은 인간을 징벌하려는 마음을 가라앉힌다.

31

세간

이 여행을 하면서 불우한 이들의 비참한 처지가 자꾸만 떠오르니 나로선 그들에 대해 무언가 말하지 않을 수 없었다. 그들의 처지와 내 처지가 어떻게 이토록 다를까 놀란 마음이 들 때면 나는 타고 가던 마차를 갑자기 멈춰 세우곤 한다. 그럴 때면 내 방은 경악하리만치 화려해 보인다. 이 부질없는 화려함은 다 무엇인가! 의자 여섯 개, 탁자 두 개, 책상 한 개, 거울 한 개라니! 참으로 허영이 넘친다. 특히 내 침대는 어떤가. 장미색과 흰색이 어우러진 두 겹의 매트리스다. 아시아의 군주들이 누렸음직한 웅장함과 안락함에 견줄 듯하다. 이런 생각을 하고 있으면 내게 허락되지 않은 쾌락에는 더 무심해진다. 생각을 거듭하면 할수록 나의 철학적 상념은 깊어져 제아무리 옆방에서 무도회가 열리고 바이올린과 클라리넷 소리가 난들 난 내 방에서 꿈쩍도 하지 않으리라. 한 발자국도 움직이지 않으리라. 나를 넋 놓게 만들곤 하던, 마르케시니•의 감미로운 목소리가 내 두 귀에 들린들 난 아무런 흔들림 없이 그 목소리를 들을 수도 있고, 토리노의 절세 미녀 위제니가 머리에서 발끝까지 라푸 양••이 지은 옷을 걸치고 나타난들 난 아무런 감정의 동요 없이 그녀를 바라볼 수도 있다. 음, 그런데 이 부분은 내가 그리 자신할 수 없긴 하지만.

• 오페라 가수로 사교계 명사였다.

•• 패션업자이며 역시 사교계 명사였다.

32

인간 혐오자

그런데 남성 독자 여러분에게 궁금한 것이 있다. 지금도 예전처럼 무도회와 극장에 가면 즐거운지 말이다. 내 경우엔 언제부턴가 여럿이 모인 곳에 가면 공포감 같은 것을 느낀다. 거기에 가면 왠지 악몽에 시달리는 기분이 든다. 그것은 아무리 떨치려 해도 아탈리의 악몽처럼 끊임없이 되돌아온다.● 늘 음울한 상념과 고통스러운 심상에 빠진 영혼이 여기저기서 가슴 아픈 것만 찾아다녀 그런지도 모르겠다. 속에 탈이 난 사람은 아무리 좋은 음식을 먹어도 상한 음식을 먹는 것과 매한가지인 것처럼 말이다. 어쨌든 내가 꾼 악몽은 이러하였다. 나는 어떤 연회에 참석하였고 상냥하고 다

● 라신의 비극 『아탈리』 2막 5장 참조.

정한 사람들 틈에 섞여 있었다. 그들은 춤을 추거나 노래를 부르거나 비극을 보며 눈물을 흘린다. 그들의 모습이 참으로 허물없고 즐겁고 정다워 보인다. 그런데 이렇게 교양 있는 자리에 갑자기 철학자• 혹은 흰곰이나 호랑이 같은 맹수가 들이닥쳐 악단석에 올라가 격앙된 어조로 이렇게 외친다면 어떻게 될까?

불쌍한 인간들이여, 그대들을 위해 내 입으로 말하는 진실의 소리를 들어 보라. 그대들은 억압과 학대를 받고 있다. 그대들은 불행하며 괴롭기 짝이 없다. 그러니 이 몽매에서 깨어나라!

음악을 연주하는 이들이여. 악기를 이마로 박살 내고 단도로 무장하라! 이후로는 여흥이나 축제 따위 생각도 말지니. 귀빈석으로 튀어 올라가 닥치는 대로 목을 조르라. 여인들은 그대들의 가냘픈 손을 피로 물들이라.

나가라, 그대들은 자유로우니, 권좌에서 왕을 쫓아내고•• 성전에서 신을 몰아내라.

자 그렇다면 우아하게 차려입은 이들 가운데 이 맹수가 외친 말을 실행에 옮길 수 있는 이는 몇이나 될까? 맹수가 들이닥치기 전에 그런 생각을 했던 이는 또 몇이나 될까? 아는 이 없으리라. 지금으로부터 5년 전, 파리에서는 무도회가 열리지 않았던가?•••

• 프랑스 혁명의 사상적 기초를 닦은 계몽주의 철학자들을 가리킨다.

•• 루이 16세가 단두대에서 처형당한 사건을 가리킨다.

••• 프랑스 혁명이 일어난 1789년을 말한다.

"조아네티, 문과 창문을 닫아 주게! 빛이 거슬리는군. 그리고 아무도 내 방에 들이지 말고 칼을 손 닿는 곳에 놓아두게. 자네도 나가게, 부르기 전에는 들어오지 말고."

33
위안

조아네티, 아닐세. 그냥 있게나. 다정한 이여, 어디 가지 말게. 로진, 내 아픔을 헤아려 꼬리를 살랑이며 어루만져 주는 너도 그냥 있어라. 이리 와서, 내 무릎에 올라와 네가 좋아하는 V 자 자세로 안기렴.

34
편지

의자에서 넘어진 사건 때문에 독자 여러분께서는 족히 내 여행의 열두 장章을 건너뛸 수 있었다. 쓰러진 몸을 일으켜 보니 어느덧 책상 바로 앞에 와 버렸는데, 그 바람에 아직 많이 남은 판화와 회화 작품을 찬찬히 둘러볼 기회가 날아갔다. 안 그랬다면 회화 얘기로 한참을 겉돌았을지 모른다.

오른편으로는 라파엘로와 그의 연인의 초상 그리고 아사스의 기사와 알프스의 양치기 처녀가 걸려 있고, 창문이 나 있는 왼편으로 가다 보면 내 책상이 나온다. 내가 안내하는 길을 따라오다 보면 여행자의 시야에 처음으로 들어오는 가장 두드러진 물건이다.

책상 위에는 책꽂이로 쓰는 콘솔이 있고 맨 위에는 흉상이 놓여 있다. 그 때문에 책상 전체가 피라미드 모양새다. 흉상 덕분에 책상 주변이 산다. 오른쪽 첫 번째 서랍을 열면 필기도구가 나온다. 봉랍을 포함하여 온갖 종류의 종이와 잘 깎아 놓은 깃털 펜이 있다. 한없이 게으른 자일지라도 이것들을 보면 뭔가 쓰고 싶어진다. 친애하는 제니 양•에게, 당신께서 우연히 이 서랍을 열어 보신다면, 제가 작년에 당신에게 보내려고 썼던 편지를 발견하고 그 답장을 쓰시게 될 겁니다. 반대편 서랍에는 피뉴롤의 여죄수••에 대한 감동적인 이야기를 적은 원고가 제대로 묶이지도 않은 채 놓여 있는데, 친애하는 벗들이여, 조만간 책으로 만나게 될 것입니다.

가운데 서랍은 내가 편지를 받는 대로 쓸어 담듯 보관해 두는 곳이다. 10년 전부터 지금까지 받은 모든 편지가 보관돼 있다. 그보다 더 오래된 것들은 연도에 따라 여러 상자에 차곡차곡 보관해 두었지만 최근 것들은 마구 뒤섞인 상태다. 이것 말고도 유년 시절에 받은 편지도 좀 있다.

이 편지들을 보면서 재미있던 젊은 시절의 일을 되새기고, 다시 돌아오지 않을 행복했던 그 시간으로 떠날 수 있다는 게 얼마나 기쁜지.

나의 눈이 더는 이 세상 사람이 아닌 이들이 쓴 편지 구절

• 이 책의 22장 참조.

•• 「피뉴롤의 여죄수」La Prisonniere de Pignerol. 이 책의 저자가 쓴 소설인데, 정식으로 출간되지는 않았다.

을 따라가다 보면, 마음은 한없이 먹먹해지고 희비가 번갈아든다. 그의 글씨체를 보라. 그의 손을 움직인 건 그의 마음이며, 그가 쓴 편지의 수신인은 나였다. 이 편지가 내게 남은 그의 유일한 자취다.

오랫동안 열어 보지 않던 상자에 한 번 손을 대자 온종일 거기서 헤어 나오질 못하고 있다. 이는 마치 여행자들이 이탈리아의 여러 지방은 짧은 시간 동안 주마간산 격으로 훑어보면서, 로마에서는 꼬박 몇 달을 눌러앉는 것과 비슷하다. 지금 나는 광맥이 가장 풍부한 광산을 캐고 있는 셈이다. 그간 나의 생각과 감정은 얼마나 많은 변덕을 겪었으며, 벗들은 또 얼마나 많이 변했던가! 그때와 지금을 견주어 보건대, 한때 그들을 그토록 뒤흔들었던 일들은 지금 아무런 감흥도 불러일으키지 못한다. 편지를 보다 보니 무슨 큰일이 있었던 것 같다. 하지만 편지 뒷부분이 유실된 데다 기억나는 게 하나도 없으니 도대체 무슨 일이 있었는지 알 도리가 없다. 우리는 수많은 편견에 사로잡혀 있었고, 세상에 대해서도 인간에 대해서도 하나 아는 게 없었다. 그럼에도 우리 관계는 얼마나 돈독하고, 우리 우정은 얼마나 깊었던가. 서로에 대한 신뢰는 한이 없었다.

우리는 실수를 하면서도 즐거워했다. 하지만 지금은 모

든 것이 변했다. 이제는 다른 사람들처럼 서로의 심중을 헤아리지 않으면 안 되게 되었다. 이런 현실은 우리가 모인 그 한가운데에 떨어진 포탄처럼 매혹적이었던 환상의 궁전을 영원히 파괴하고 말았다.

35
마른 장미

그것이 다룰 만한 가치가 있는 것이라면 마른 장미 얘기로 기꺼이 한 장을 할애할 용의가 있다. 장미는 작년 사육제 때 내가 직접 발렌티노●에 가서 구한 것이다. 그날 저녁, 무도회가 열리기 한 시간 전에 나는 설렘과 흥겨움이 가득한 마음으로 드 오카스텔 부인에게 꽃을 갖다 주었다. 그녀는 꽃은커녕 내게도 눈길 한 번 주지 않은 채 꽃을 받아 화장대 위에 올려놓았다. 내게 신경 쓸 겨를이나 있었겠는가? 제 모습을 거울에 비춰 보기에도 바빴다. 머리 손질을 마친 그녀는 커다란 거울 앞에 서서 마무리 옷치장을 하고 있었다. 거기에 어찌나 몰입해 있던지 그녀의 주의는 온통 그녀 앞

● 토리노에 있는 식물원.

에 쌓여 있는 리본이니 베일이니 방울술 같은 것에만 가 있었다. 눈길 한 번, 손짓 한 번 없었으니 나는 체념하였다. 그저 다소곳이 핀을 집어 내 손 위에 가지런히 올려놓을 뿐이었다. 그녀는 손 닿는 자리에 핀꽂이를 두고 거기서 핀을 뽑아 썼는데, 내가 손에 핀을 올려놓고 가까이 내미니 그녀는 내 손에서 핀을 집었다. 아무 내색도 없이 말이다. 그리고 행여 제 모습을 놓칠까 거울에서 눈을 떼지 않았기에 핀을 집을 때 손가락으로 더듬었다.

나는 그녀가 옷매무새를 꼼꼼히 점검할 수 있도록 그녀 뒤에서 또 하나의 거울을 들고 잠시 서 있기도 했다. 두 거울이 그녀의 얼굴을 마주 비추니 한껏 교태를 부린 여인이 그 안에 무수히 존재했다. 하지만 그들 가운데 내게 눈길을 주는 여인은 단 한 명도 없었다. 고백하노니, 장미와 나는 아주 처량한 신세였다.

결국 나는 인내심을 잃었다. 화가 머리끝까지 나서 더는 참을 수가 없었다. 나는 잡고 있던 거울을 내려놓고 간다는 말도 없이 붉으락푸르락하며 방을 나섰다.

“가시는 건가요?”

그녀는 옆 옷맵시를 보기 위해 몸을 돌리며 내게 말했다. 나는 아무 대꾸도 하지 않았다. 하지만 갑작스럽게 방을 나온 내 행위가 어떤 결과를 빚었는가 궁금하여 문밖에서 잠시 귀를 기울였다. 잠깐 침묵이 흐르더니 그녀가 하녀에게 말했다.

"네가 보기엔 어때? 윗도리가 너무 헐렁하지 않니? 특히 아랫부분이 말이야. 핀으로 좀 잡아 줘야겠어."

이것이 마른 장미가 내 책상 책꽂이 선반에 놓이게 된 자초지종인데, 분명 말할 건더기도 없는 얘기다. 앞서 밝혔듯이 마른 한 송이 장미 얘기가 한 장을 할애할 정도는 아니었던 것이다.

여기서 숙녀분들께서 명심할 것이 있는데, 나는 마른 장미와 얽힌 일을 곱씹는 게 아니라는 점이다. 잘했든 못했든 드 오카스텔 부인이 나보다 자신의 옷차림에 더 신경을 썼다는 말을 하려는 것도 아니거니와 내가 무슨 특별한 대접을 받아야 했었다는 말을 하려는 것도 아니다.

그저 조심스레 어떤 실상에 관한 일반적인 결론을 이끌어 내고자 할 뿐이다. 그 실상이란 여자가 상대를 향해 보여주는 애정의 강도와 지속에 관한 것이다. 나로선 이 한 장을 그 얘기에 할애한 것으로 만족한다. (그래 봤자 한 장이지만) 그리고 이 얘기는 누구에게 들으라고 하는 소리가 아니라 모두에게 하는 소리일 뿐이다.

남자들에겐 딱 한 가지만 충고하련다. 무도회가 열리는 날에 당신의 애인은 더는 당신의 여자가 아니라는 사실이다.

옷을 차려입기 시작하는 순간, 애인은 한낱 남편 같은 존재로 전락하며 그녀의 진짜 애인은 무도회 그 자체가 된다.

남편 같은 존재로 전락한 이가 억지로 사랑을 구하려 할 때 그가 얻을 수 있는 게 무엇일지는 뻔하다. 그러니 미소를 잃지 말고 자신이 처한 불행을 참고 견딜 도리밖에.

그리고 남자들이여, 착각하지 말지니. 여자가 무도회에서 당신을 보고 반가워한다면, 그건 당신이 연인으로서의 매력이 넘쳐서 그런 게 아니다. 당신은 한낱 남편과 같은 존재며 무도회를 이루는 한 구성물에 불과하기 때문이다. 당신은 그녀가 새로 취한 전리품의 일부일 뿐이다. 그나마 당신이 춤을 잘 추면, 그녀를 돋보이게 해 준 덕에 애인으로서 1할 정도의 지분은 얻을 수 있을지 모른다. 결국 지극한 환대 속에서 그녀에게 상냥하기 그지없는 반응을 얻는 것은, 그녀가 당신처럼 매력적인 남자를 애인으로 뒀다는 것을 과시함으로써 그녀의 친구들에게 질시 섞인 부러움을 받고자 할 때나 가능하다. 그럴 요량이 아니라면, 그녀의 안중에 당신이란 존재는 없다.

자, 그러니 결론은 이렇다. 일단은 체념하고 남편과 같은 존재로서의 역할이 끝나기만을 기다릴 수밖에 없다는 것이다. 부디 별 탈 없이 그 순간을 넘길 수 있다면 다행이다.

36
서가

나는 내 영혼과 그의 타자가 서로 대화를 나눌 수 있도록 하겠다고 약속했는데, 벌써 몇 장이 지나도록 그 약속을 지키지 못하고 있다. 그보다 본의 아니게 다른 얘기들을 써 내려가느라 계획에 차질이 생기고 있다. 그런 얘기 중에 하나가 서가에 관한 것이다. 이 얘기는 되도록 짧게 끝내려 한다. 42일간의 연금도 이제 얼마 남지 않았다. 다시 그만큼의 시간이 주어진다 해도 내가 즐겁게 둘러볼, 이 볼 것 많은 여행지를 묘사하기엔 턱없이 모자라다.●

털어놓자면 내 서가엔 소설책이 꽂혀 있다. 그렇다. 주로 소설책이고 시 선집이 몇 권 있는 정도다.

● 서가에 대한 얘기는 38장 흉상 부분까지 이어진다.

마치 현실에선 골치 아픈 일이 그리 많지 않다는 듯, 나는 수없이 많은 상상 속 인물들의 고뇌까지 기꺼이 나누려 하였으며, 더 나아가 그들의 고뇌를 내 것인 양 생생하게 받아들였다. 가엾은 클라리사와 샬럿의 연인을 생각하며 얼마나 많은 눈물을 흘렸던가.●

그런데 이 상상의 세계 속에서 이런 가공의 고뇌를 찾아다니는 한편, 또한 거기서 나는 내가 숨 쉬고 있는 이 현실세계에서는 찾아보기 어려운 덕德과 선善과 무사무욕無私無慾을 발견하기도 했다. 그 안에서 나는 예민하지도, 경망스럽지도, 의뭉스럽지도 않은 여인을 만날 수 있었다. 외모에 대한 언급은 굳이 하지 않는데, 그건 내 상상력을 믿기 때문이다. 내 상상력은 두말할 필요 없이 그녀를 아름다운 존재로 만들 것이기 때문이다. 책이 내 상상력을 충족시켜주지 못하면 나는 그 책을 덮은 뒤, 그녀의 손을 잡고 에덴동산보다 훨씬 아름다운 풍경을 찾아 떠날 것이다. 그 어떤 화가가 내 마음의 여신이 거니는 황홀한 풍경을 그려 낼 수 있을까? 그 어떤 시인이 이 황홀한 곳에서 내가 느끼는 다채롭고 생생한 감정을 묘사할 수 있을까?

충분히 피할 수 있었음에도 늘 새로운 문제에 빠져드는 저 클리블랜드를 향해 나는 얼마나 저주를 퍼부어 댔던

● 『클라리사, 혹은 어느 젊은 여인의 이야기』Clarissa, or a History of a Young Lady. 새뮤얼 리처드슨이 쓴 소설이다. 클라리사와 샬럿은 그 작품에 등장하는 인물이다.

가?● 나는 이 책과 그 안에 묘사된 불행의 고리들을 눈 뜨고 봐 줄 수 없었다. 그러나 독서의 즐거움을 위해 저 책을 펼쳤다면 끝까지 읽지 않고는 배길 수 없었다.

아바키족에게 사로잡힌 그 가엾은 친구를 어찌 외면할 수 있는가? 이 야만인들의 손아귀에서 그의 운명은 어떻게 될 것인가? 그가 탈출하는 장면에서도 그에 대한 걱정을 한시도 놓을 수 없었다.

실제로 나는 그의 고통을 함께 느꼈고, 그와 그의 불행한 가족을 너무도 걱정한 나머지 포악한 루인톤족이 갑자기 나타나는 장면에선 내 머리카락이 다 곤두설 지경이었다. 그 대목을 읽으며 온몸에 식은땀을 흘렸다. 내가 느낀 공포는 너무도 생생하여 실제로 내가 불에 구워져 그 식인종들에게 먹히는 듯했다.

그렇게 눈물과 사랑으로 진을 다 뺀 뒤에는 시인에게로 눈을 돌렸다. 그런 다음에는 다시 새로운 상상의 세계를 찾아 떠났다.

● 일명 '아베 프레보'로 불리는 앙투안 프랑수아 프레보의 소설, 「영국인 철학자 혹은 크롬웰의 친자, 클리블랜드 선생 이야기」Le philosophe anglais ou Histoire de M. Cleveland, fils naturel de Cromwell에 나오는 주인공이다.

37
다른 세상

아르고호 원정대•부터 프랑스 명사회••에 이르기까지, 지옥 저 밑바닥부터 은하수 너머 가장 마지막에 자리한 별에 이르기까지, 아니 우주의 끝, 그 혼돈의 문턱에 이르기까지 이 광활한 공간을 나는 마음껏 종횡으로 누빌 수 있었다. 공간뿐 아니라 시간에도 나는 구애받지 않는다. 호메로스, 밀턴, 베르길리우스, 오시안의 인도를 받아 무한한 시공 속으로 떠났다.

그 두 시점 사이에서 일어났던 모든 일 그리고 그 두 경계 사이에 존재했던 모든 세계와 존재는 전부 나와 관련된 것이며 법적으로 내게 속한 것들이었다. 피레아스 항구로 들

• 아르고호를 타고 황금 양털을 찾아 대탐험을 떠났던 그리스 영웅들의 이야기.

•• 프랑스 혁명 직전에 설치되었던 국왕의 자문기관.

어오는 모든 배가 한 아테네인의 소유였던 것처럼 말이다.•

특히 나는 나를 저 아득한 고대로 이끄는 시인들을 좋아하였다. 야심가 아가멤논의 죽음, 오레스테스의 분노, 하늘의 노여움을 산 아트레우스 집안의 비극적인 이야기 등은 내게 무시무시한 두려움을 불러일으키는데, 오늘날의 그 어떤 사건도 나를 그 지경까지 몰고 가진 못한다.

여기 오레스테스의 유골이 담겼다는 불길한 유골 단지가 있다. 그것을 보고 몸서리치지 않을 이 어디 있을까? 비운의 누이 엘렉트라여, 진정하라! 유골 단지를 가져온 이는 바로 오레스테스 자신이 아니던가. 그 안에 든 건 적의 유골이었다.

이젠 크산토스나 스카만드로스 같은 강을 찾아볼 수 없으며,•• 헤스페리아나 아카디아와 같은 평원도 찾아볼 수 없다. 림노스나 크레타 같은 섬들은 오늘날 어디에 존재하는가? 그 유명한 미로는 어디 있으며, 홀로 남겨진 아리아드네가 눈물로 적셨다는 그 바위는 어디 있는가? 테세우스는 보이지도 않고, 헤라클레스는 자취도 없다. 남은 것은 한낱 인간뿐이며, 오늘날 영웅이라고 해 봤자 한낱 피그미 소인족에 불과하다.

영감이 넘치는 무대에 스며들어 내 상상력을 마음껏 발휘

•피레아스 항구를 건설한 테미스토클레스를 말하는 것으로 보인다.

••트로이 전쟁의 주요 무대다.

하고 싶어지면, 나는 눈이 멀어 버린 알비온의 위대한 시인이 천상에 올라가 영원의 권좌를 차지하려 할 때 펄럭이던 그의 옷자락을 붙잡고 매달릴 것이다.• 어떤 뮤즈가 그 시인 이전에는 인간이라면 누구도 넘볼 수 없었던 그 높은 곳에서 그를 부축할 수 있겠는가? 나는 탐욕의 마몬••이 갈망의 눈길로 쳐다보는 천상의 눈부신 뜨락에서 내려와 공포에 떨며 사탄이 서식하는 커다란 동굴 속으로 들어간다. 나는 지옥의 심판을 참관하고 있다. 그 반항의 영혼들 틈바구니에서 그들의 변론을 경청하고 있는 것이다.

그런데 여기서 나는 스스로도 질책하곤 하는 한 가지 약점을 고백하지 않을 수 없다.

나는 하늘에서 쫓겨난 이 가엾은 사탄(밀턴의 작품에 등장하는 사탄을 말한다)에게 자꾸만 관심이 가는 것이다. 이 사악한 영혼이 저지르는 아귀 짓을 비난하기는 하지만, 자신이 처한 극한의 불행 속에서도 흐트러짐 없는 태도와 대범함을 견지하는 그를 보면 절로 감탄하지 않을 수 없다. 내 비록 그에게 지옥문을 열어 우리 조상들의 삶을 뒤흔들게 한, 어둠의 음모에서 빚어진 비통한 사건이 무엇인지는 알 수 없지만 나는 그가 그렇게 살다 혼돈의 소용돌이 속에서 무너지는 것을 바라지 않았다. 내 발목을 잡는 수치심만 아

• 알비온은 지금의 영국을 가리키는 지명이다. 이곳 출신으로 훗날 시력을 잃은 그 위대한 시인이란 바로 존 밀턴을 가리킨다.

•• 기독교에서 말하는 악마의 일종으로 인간을 타락시키는 탐욕의 화신이다.

니었다면 나는 기꺼이 그를 도와주었을 것이다. 어디를 가든 그를 따라다니며 절친한 벗인 양 그와 즐거운 여행을 할 수도 있었을 것이다. 어찌 되었든 그는 악마에다 인류를 파괴하려는 자며, 아테네식이 아닌 파리식의 철두철미한 민주주의자라는 것을 내 자신에게 끊임없이 주지시켰으나 그를 향한 나의 각별한 관심이 사라지진 않았다.

그의 계획은 얼마나 방대하며, 그것을 실행에 옮길 때는 또 얼마나 대담한가!

세 겹의 거대한 지옥문이 그를 향해 활짝 열리고 허무와 밤의 거대한 심연이 집어삼킬 듯 발아래 펼쳐질 때, 그는 대담한 눈길로 혼돈의 검은 제국을 훑고서 모든 군대를 품을 만큼 거대한 날개를 펼친 다음 주저 없이 그 심연을 향해 몸을 던졌다.●

참으로 담대한 그에게 나라면 한 번의 기회를 더 주겠다. 내가 볼 때, 이 대목은 상상력이 빚어낸 가장 아름다운 장면이 아닐 수 없으며, 내 방 여행 다음으로 그 누구도 해 본 적 없는 가장 멋진 여행 가운데 하나가 아닐까 싶었다.

●이는 밀턴의 『실낙원』 한 부분을 옮겨 놓은 것인데, 저자가 내용의 일부를 살짝 고쳐서 묘사하고 있다.

38
아버지의 흉상•

서가를 여행하면서 내게 일어난 수천 가닥의 그 신비한 사건들을 다 옮기려면 내 평생 그 일의 끝을 보긴 어려울 것이다. 쿡 선장의 여행도, 그와 여정을 같이했던 뱅크스 박사와 솔랜더 박사의 기록도 이렇게 한정된 공간에서의 내 여행에 비하면 보잘것없다. 사실 앞서 언급한 흉상만 아니었다면 나는 마냥 황홀한 기분에 젖어 얼마든지 그 안에서 인생을 즐길 수 있었을 것이다. 그런데 내 영혼이 어떤 상태에 있든 시선과 생각은 항상 그 흉상에 가서 머물곤 하였다. 나의 영혼이 격정에 휩싸이거나 절망에 빠질 때마다 나는 나의 영혼을 제자리로 돌려놓고자 흉상을 바라보았다. 그것은

• 저자의 아버지인 프랑수아 그자비에 드 메스트르를 가리킨다. 사보이아 의회 의장을 역임한 정치가였다.

일종의 기준 음 같은 것으로 내 존재를 구성하는 감각과 인식의 다양한 조합 그리고 그 불협화음을 조정하는 역할을 했다.

그것은 아버지의 실제 모습과 매우 닮았다. 출중한 덕을 갖춘 이에게 하늘이 내린 모든 특성을 구비한 모습이다. 흉상을 조각한 이는 아버지의 고귀한 영혼과 천재적 재능 그리고 그 기질을 생생하게 살려 냈다. 그런데 여기서 나는 무슨 수작인가? 이 자리에서 아버지의 업적이라도 기릴 셈인가? 주변 사람들에게 아버지가 어떤 사람인지 소개라도 할 참인가? 아, 그런들 그들이 관심이나 보일까?

세상 아버지 가운데 으뜸이신 분이여, 저로선 자애로운 당신의 모습 앞에서 고개를 조아릴 수 있으니 그것만으로도 족합니다. 흉상의 모습은 제게 남은 당신과 우리 조국 사부아에 대한 유일한 기억입니다. 죄악이 그 땅을 범할 때 당신께서는 이승을 떠나셨습니다.● 우리의 숨통을 쥔 악이 어찌나 강한지, 오늘날 당신의 가족은 당신을 잃은 것을 오히려 은총으로 여깁니다. 당신의 삶이 더 오래 지속되었다면 악은 그만큼 더 당신을 따라다녔을 테니까요. 오, 아버지시여, 이제는 평안 속에 거하시는 당신께서는 당신 가족이 처한 운명을 아시는지요? 당신의 자식들이 당신이 그처럼 열과 성을 다해 60년간 봉사한 조국에서 쫓

● 그는 1789년 1월 16일에 사보이아에서 세상을 떠났고, 그 뒤 사보이아가 프랑스에 병합되는 것은 목격하지 못했다.

겨난 사실을 아시는지요? 그리고 그들이 당신의 자식들이 당신이 잠든 곳을 찾아가는 걸 금지했다는 것도 아십니까? 하지만 제아무리 폭군이라 할지라도 당신이 이루신 고귀한 업적, 당신께서 보여 주신 미덕과 권능에 대한 우리의 추억을 앗아 가지는 못했습니다. 우리의 조국과 그 유산을 수렁으로 몰아넣고 있는 그 죄악의 소용돌이 속에서도, 우리는 당신께서 잡아 놓으신 틀 안에서 한 치 흔들림 없이 자리를 지키고 있습니다. 언젠가 당신의 자식들이 경외하는 당신의 유해 앞에 예를 드릴 수 있는 날이 온다면 당신께서는 그 말이 옳았음을 아시게 될 겁니다.

39
영혼과 동물성의 대화

이제 약속했던 대화를 들려줄까 한다. 어느 날 아침, 먼동이 틀 무렵이었다. 햇살이 몬테 비소[•] 정상과 그 반대쪽에 있는 섬[••]의 가장 높은 산 정상을 동시에 황금빛으로 물들이고 있었다. 나의 영혼은 이미 잠에서 깬 상태였다. 비의적 차원에서 그가 선잠을 깬 원인을 찾는다면, 부질없고 소모적인 흥분 상태로 그를 몰아넣었던 심야의 환상이 빚어낸 여파 때문일 수도 있고, 아니면 거의 끝물에 이른 사육제 때문일 수도 있다. 특히 쾌락과 광기로 점철된 사육제는 달의 주기 변화나 행성의 충돌처럼 인간 생체[•••]에 모종의 영향

● 몬테 비소Monte Viso. 오늘날 이탈리아와 프랑스 국경 부근에 위치한 산으로 코티안 알프스 산맥의 최고봉이다.

●● 코르시카 섬.

●●● 인간 생체la machine humaine. 저자는 때에 따라 이를 '영혼의 다른 짝', '타자', '동물성' 등으로 부르기도 한다.

을 미치기 마련이다. 아무튼 나의 영혼은 잠의 사슬에서 벗어나면서 확연히 잠에서 깨었다.

잠에서 깨기 한참 전부터 나의 영혼은 어렴풋하나마 타자가 느끼는 감각들을 같이 느끼고 있었다. 그럼에도 나의 영혼은 밤과 잠이라는 베일 속에서 온전히 벗어나지 못한 상태였다. 그 베일은 박사, 린넨, 한랭사 같은 천으로 번갈아 바뀌는 듯했다. 딱한 내 영혼은 이 거추장스러운 베일에 싸여 옴짝달싹 못 하는 상태가 되고 잠의 신은 자신의 제국에 그를 더 옭아매고자 결박한 자리에 치렁치렁하게 땋은 금빛 머리카락이나 장식 리본 혹은 진주 목걸이 같은 것을 얹었다. 이런 그물에 갇혀 버둥대는 영혼은 보기에 참 안쓰러웠다.

내 안의 가장 고상한 부분•에 동요가 일면 그것은 고스란히 타자에게 전달되고, 타자는 나의 영혼에 강력한 영향력을 미쳤다.

한번은 말로 표현하기 어려운 어떤 상태에 놓인 적이 있었다. 통찰력 덕인지, 그냥 우연인지 나의 영혼이 그를 옭아맨 베일로부터 벗어날 방도를 찾았던 것이다. 그것이 빠져나갈 구멍을 찾았다는 건지 아니면 베일을 걷어 냈다는 것인지는 나로선 알 수 없었다. 후자가 더 자연스러워 보이긴

• 영혼을 말한다.

하는데, 분명한 건 나의 영혼이 미로에서 빠져나왔다는 사실이다. 치렁치렁하게 땋은 머리카락은 그대로 있었지만 더는 그를 옭아매는 장애물이 아니라 오히려 미로를 빠져나올 수 있도록 만들어 준 도구였다. 물에 빠진 사람이 강둑의 수풀을 움켜쥐듯 나의 영혼은 그것을 붙잡고 미로에서 빠져나왔던 것이다. 그 와중에 진주 목걸이가 끊어져 버렸고, 풀려난 진주들은 드 오카스텔 부인 댁의 소파와 마루 위를 떼구루루 굴렀다. 그런데 이성적으로 납득하기 어려운 어떤 기이한 현상으로 인해 나의 영혼은 자신이 드 오카스텔 부인 댁에 있다는 착각에 빠진 듯했다. 커다란 제비꽃 화환이 바닥에 떨어지자 그제야 나의 영혼은 착각에서 깨어났고 이성과 현실의 제자리로 돌아왔다. 짐작하겠지만 나의 영혼은 자신이 부재한 상황에서 일어난 일들을 거세게 비난하였다. 바로 이 지점에서 우리가 이번 장에서 다루고자 하는 대화가 시작된다.

§

여태 나의 영혼은 이런 홀대를 받은 적이 없었다. 이처럼 민감한 시점에서 그가 쏘아붙인 비난은 내분을 일으키고도 남았다. 상대가 바로 정색하고 반발했던 것이다.

내 영혼이 입을 열었다.

"뭐라고요? 내가 없는 동안, 내가 시키는 일을 잘할 수 있도록 단잠으로 기력을 보충하지 않고 감히 건방지게(다소 과격한 표현이다) 내가 허락하지도 않은 향락에 빠져 있었단 말인가요?"

이렇게 고압적인 언사를 들어 본 적이 없는 타자 역시 화가 나서 대꾸했다.

"말씀 한번 잘하시네요, 부인(정색하고 말한다는 것을 보여 주고자 이런 식의 표현을 쓰는 것이다).● 덕성과 품위가 뚝뚝 흐를 만큼 말씀 한번 잘하시네요. 당신이 나를 못마땅해하는 건 내게는 없는 당신의 몽상과 망상 때문 아닌가요? 당신은 왜 그 자리에 없었나요? 혼자 그렇게 돌아다니면서 나를 빼놓고 즐길 권리는 도대체 어디서 난 겁니까? 당신이 천국이나 엘리시온의 뜰에서 사람들을 만나고, 머리에 든 거 많은 사람들과 얘기하고, 홀로 심오한 사색(알다시피 이건 비아냥이다)에 빠진 것을 두고 제가 뭐라 한 적이 있나요? 공중누각과 같은 당신의 고상한 사고 체계를 가지고 뭐라 한 적이 있느냔 말입니다. 당신이 나를 그렇게 내팽개친 동안 자연이 허락한 호의와 즐거움을 누릴 권리가 내게 없

● 영혼을 의미하는 프랑스어는 여성형 명사이므로 '부인'이라는 호칭을 쓰는 것이다.

다는 말인가요?"

나의 영혼은 이 유창하고 명쾌한 언변에 놀라 꿀 먹은 벙어리가 되었다. 문제를 수습하려면 자신이 좀 전에 내뱉은 비난의 말들을 좋은 말로 수습할 필요가 있었다. 그러나 먼저 화해를 청하는 것처럼 보여서는 안 되었기에 정중한 어조로 말하기로 했다.

"부인!"

그는 짐짓 나긋나긋한 어조로 말했다. (앞서 타자가 나의 영혼을 부를 때 사용한 이런 호칭이 적절치 않다고 생각했던 독자가 있다면, 시비를 거는 것처럼 보이지 않기 위해 지금 이 표현을 쓰는 것에 대해서는 어떻게 생각할지 모르겠다. 나의 영혼은 이런 식으로 부르는 게 꽤나 우스꽝스럽다는 것을 전혀 의식하지 못하고 있다. 감정 때문에 그만큼 판단력이 흐려진 것이다.)

"부인, 분명히 말씀드리지만 당신이 원하는 즐거움을 만끽하는 모습을 보는 것만큼 제게 기쁜 일도 없습니다. 비록 그 즐거움을 같이 못 한다고 하더라도 말이죠. 다만 그 즐거움이 당신에게 해가 되거나 조화로운 우리 관계를 깨뜨리지만 않는다면……."

타자가 내 영혼의 말을 중간에서 잘랐다.

"아, 그만, 그만하세요. 나는 당신의 거짓 호의에 넘어갈 사람이 아닙니다. 우리가 지금 여행하고 있는 이 방에 함께 가택 연금을 당한 일을 보세요. 그리고 아직도 욱신거리는, 제가 입은 상처를 보세요. 하마터면 죽을 뻔했잖아요. 이 모든 게 당신의 오만과 무정한 편견 때문에 일어난 일 아닙니까? 당신이 당신의 정념에 끌려다니는 동안 나의 안위와 생명은 안중에도 없었다고요. 그런데도 당신은 나를 생각해 주는 척하면서 쓴소리도 다 좋은 뜻으로 하는 말이라는 겁니까?"

§

내 영혼은 이 대화에서 어떤 우위도 점할 수 없다는 것을 잘 알았다. 그런데 대화가 격렬해지는 바람에 무엇 때문에 그랬는지 잊게 되는 상황이 도래했다. 그 점을 포착한 나의 영혼이 그 틈에 화제를 돌렸다. 마침 조아네티가 방에 들어서기에 말했다.

"커피, 한잔 부탁하네."

반발했던 자는 찻잔이 부딪히는 소리에 정신이 팔리면서 다른 일은 다 잊었다. 상한 과일을 달라고 졸라 대는 아이에게 딸랑이를 흔들어서 정신을 딴 데로 돌려놓은 셈이다.

물이 끓는 동안 나도 모르게 깜빡 잠이 들었다. 앞서 독자 여러분에게 말한 바 있지만 나는 이렇게 선잠 들 때의 아늑한 기분이 참 좋다. 조아네티가 커피 주전자를 화로의 쇠받침 위에 올려놓을 때 나는 소리도 참 듣기 좋아서 그 소리에 나의 뇌리와 나의 모든 신경도 공명한다. 그것은 마치 하프의 현 한 줄을 튕겼는데, 8도 음정의 소리가 한꺼번에 울리는 것과 같다. 눈앞에 검은 그림자가 어른거린다. 눈을 뜨니 조아네티가 서 있다. 음, 이 커피 향! 자연이 준 멋진 선물이다. 커피와 크림 그리고 토스트 한 조각. 친애하는 독자여, 이리 와서 아침을 같이합시다.

40
추억

삶을 즐길 줄 아는 이를 위해 자연이 마련해 준 그 기쁨은 얼마나 풍요로운가! 또한 얼마나 다채로운가! 어느 누가 연령도 개성도 각기 다른 세상 사람들에게 저마다의 기쁨을 마련해 줄 수 있겠는가! 아련하기만 한 유년의 즐거움을 떠올리면 아직도 뭉클하다. 감정의 불씨로 타오르는 가슴을 품었던 청년의 기쁨을 내가 다시 그려 낼 수 있을까? 그 행복했던 시절에 우리는 이해관계, 야망, 증오같이 우리의 인간성을 훼손하고 뒤흔드는 모든 추한 열정들을 모르고 살았다. 하지만 애석하게도 그 시절은 찰나에 지나지 않았다. 그 후론 다시 볼 수 없는, 한순간 빛났던 태양이다. 공기는 더없이 순수했고, 샘물은 더없이 맑고 시원했다. 자연은 변화무쌍한 얼굴을 지녔고 숲엔 수많은 오솔길이 나 있었건만, 나이가 드니 이젠 그 자취를 찾을 길이 없다. 신들이시여! 향기로운 꽃, 달콤한 과일, 아침 하늘을 물들이는 저 아름다운 색깔들! 여자들은 모두 아름답고 정숙했으며, 남자들은 모두 착하고 너그럽고 배려가 넘쳤다. 어디를 가더라도 친절하고 솔직하고 남을 먼저 생각하는 사람들을 만날 수 있었다. 삼라만상엔 꽃과 미덕과 기쁨만이 있었다.

사랑에 설레어 행복을 꿈꾼다면 우리 마음은 생생하고 다채로운 감정에 물들지 않겠는가?

부분으로든 전체로든 자연을 바라보고 사색하노라면 우리의 이성 앞에 광활한 기쁨의 지평이 펼쳐진다. 이어 그 기쁨의 대양 위로 상상의 나래가 펼쳐지면서 기쁨의 양과 질은 배가 된다. 흩어진 감각들이 한데 모여 새로운 감각을 만든다. 명예를 꿈꾸는 마음과 사랑의 설렘이 혼재하며, 이타애와 자기애가 나란히 손을 잡고 걸어간다. 슬픔이 음울한 베일을 드리울 때도 있지만 눈물은 기쁨으로 바뀐다. 정신에서 빚어지는 인식, 마음에서 빚어지는 감각 그리고 오감에서 빚어지는 추억은 우리 인간에게 있어 기쁨과 행복을 길어 낼 수 있는, 마르지 않는 샘이다. 조아네티가 커피 주전자를 화로의 쇠받침 위에 올려놓을 때 나는 소리와 기대하지도 않았는데 등장한 크림 잔, 이러한 것들이 내게 생생하고 행복한 인상을 남겼다는 것은 하나도 놀라운 일이 아니다.

41

여행용 외투

나는 흐뭇한 눈길로 '여행용 외투'를 찬찬히 살펴보다 바로 걸쳐 입었다. 그 순간 독자 여러분에게 소개도 할 겸 그 외투에 관해 따로 한 장을 마련해야겠다는 생각이 들었다. 이런 종류의 옷들이 지닌 모양과 쓰임새는 이미 많은 사람이 알고 있기 때문에 나는 이런 옷이 여행자의 마음에 미치는 영향에 대해 다뤄 보려고 한다. 내가 가진 여행용 동계 외투는 주변에서 구할 수 있는 것 중에서 가장 보온 효과가 좋고 촉감이 부드러운 천으로 만들어졌다. 그 외투 하나로 머리에서 발끝까지 감쌀 수 있다. 안락의자에 앉아서 손을 호주머니에 넣고 머리를 옷깃에 파묻으면 나는 영락없이 인도

성전에서나 볼 수 있는 팔도 다리도 없는 비슈누 상이다.

이에 대해 독자 여러분께서는 내가 여행복이 여행자에게 미치는 영향을 너무 과장하는 것 아니냐고 따질지 모르겠다. 하지만 이 점에 있어서 내가 분명히 말할 수 있는 것은 군복을 다 갖춰 입고 허리에 칼까지 찬 채, 한 걸음밖에 안 되는 내 방을 여행하고 있다면 그것은 마치 실내복을 입고 바깥을 배회하는 것만큼이나 가관이라는 것이다. 격식을 갖춘 군복을 차려입으면 나는 내가 하던 방 여행을 계속할 수 없을 뿐만 아니라 내가 지금까지 써 오던 여행기를 다시 읽어 보기도 어렵고 심지어 내가 쓴 글을 이해할 수도 없는 상태가 될 것이다.

이런 주장이 놀랍게 들리는가? 우리는 수염이 덥수룩하다고 해서 혹은 주변에서 안색이 안 좋아 보인다고 해서 자신을 환자로 여기는 사람을 거의 매일같이 만날 수 있다. 옷도 그런 식으로 우리에게 영향을 미친다. 제아무리 오늘내일하는 사람일지라도 새 옷을 차려입고 분가루를 뿌린 가발을 쓰고 나타나면 훨씬 생기가 돌아 보이는 법이다. 그렇게 우아하게 차려입으면 자신이 아픈 사람인지를 주변에서도 몰라보고 자신조차도 속을 지경이다. 그러다 어느 화창한 날 아침, 그는 말쑥한 차림으로 세상을 떠난다. 그러면 사람들은 그가 죽었다는 사실에 놀란다.

그리고 나와 같은 군인 중에는 군복만 걸치면 자신이 무슨 장교라도 되는 양 착각하는 이가 많다. 물론 갑자기 적군이 눈앞에 나타나기라도 하면 그 착각은 단숨에 물거품이 되지만 말이다. 한술 더 떠서 군복에 국왕이 하사한 휘장이라도 달게 되면 그는 무슨 장군이라도 된 듯 착각하여 전 부대원에게 진지하게 장군 대접을 받는다고 여긴다. 이처럼 옷은 인간의 상상력에 지대한 영향을 미친다.

다음의 일화를 보면 이런 나의 주장이 옳다는 것을 알 수 있을 것이다.

우리는 아무개 백작에게 당직 근무를 서야 한다는 것을 며칠 전에 미리 알려 주는 걸 까먹었다. 당일 아침이 되어서야 한 하사관이 그를 깨우러 가서 비보를 전했다. 그런데 그는 전날 밤까지만 해도 생각지 못하던 당직 근무 때문에 바로 일어나 각반을 차고 나가야 한다는 생각이 들자 갑자기 귀찮아졌던 것 같다. 그는 아프다고 핑계를 대고 집 밖으로 나가지 않았다. 그는 실내복을 걸치고 이발사를 돌려보냈다. 그런데 이렇게 하자 진짜 안색이 창백하고 환자 같아 보였다. 그의 아내를 포함해 모든 가족이 걱정하기 시작했다. 게다가 자신도 진짜 몸이 찌뿌드드하게 느껴졌다.

그는 사람들에게 아프다고 말했다. 한편으론 핑계이기도 했고, 다른 한편으론 진짜로 아픈 것도 같았기 때문이다. 어쨌든 실내복 차림은 서서히 그에게 영향을 미쳤다. 마지못해 수프를 먹었더니 바로 구토를 했다. 부모와 친구들을 불러오기 위해 사람을 보냈다. 그는 자리보전을 해야 할 정도로 아팠다.

그날 저녁, 랑송 선생은 맥이 뭉쳐 있다고 진단했고, 이튿날엔 사혈 처방을 내렸다. 당직 근무가 한 달 이상 하는 것이었다면 이 환자는 더는 손쓸 수 없는 상태가 됐을 것이다.

이 가련한 아무개 백작이 상황에 걸맞지 않게 실내복을 입고 있던 탓에 전혀 엉뚱한 곳을 여행할 수밖에 없었다는 사실을 눈여겨본다면, 여행복이 여행자에게 영향을 미친다는 나의 주장에 대해 따지고 들 사람은 없을 것이다.

42
백일몽과 연금 해제

나는 식사를 마치고 벽난로 가에 앉았다. 출발 시간을 기다리는 여행자처럼 '여행용 외투'로 몸을 감싼 채, 그 옷이 미치는 영향에 내 몸을 맡기고 있었다. 소화작용으로 생기는 가스가 머리까지 올라갔는지, 감각에서 비롯되어 사유로 진행되는 통로가 막혀 버렸다. 소통의 통로가 차단된 것이다. 감각기관은 그 어떤 생각의 씨앗도 뇌로 전달할 수 없었고, 뇌는 감각을 활성화시켜 주는 전기 유기체•를 전달할 길이 없었다. 발리 박사••는 이 전기 유기체를 가지고 죽은 개구리를 살려 낸 적이 있었다.

위 서두를 읽고 내가 어떤 상태가 되었는지 이해했다면

• 전기 유기체le fluide eletrique. 벤저민 프랭클린이 처음 제창한 가설이다.

•• 에우세비오 발리. 이탈리아의 외과의사로 생체전위 현상을 연구한 학자이기도 하다.

독자 여러분은 내가 머리를 가슴에 떨구게 된 까닭과 전기 유기체의 자극을 받지 못한 오른손 엄지와 검지의 근육이 풀리면서 카라치올리 후작•의 책이 손에서 미끄러져 노변에 떨어지게 된 자초지종을 쉽게 납득할 수 있을 것이다.

아까 나를 찾아온 사람들이 있었다. 방문을 마치고 돌아간 그들과 나눈 얘기는 얼마 전에 많은 사람의 슬픔 속에 세상을 떠난 저명한 의사 시냐의 죽음에 관한 것이었다. 그는 박식하고 성실한 의사였고 인정받는 식물학자였다. 그런 재능을 가진 사람의 미덕에 대해 골똘히 생각에 잠겼다. 그런데 문득 이런 생각이 들었다. 그의 치료를 받다가 저세상으로 간 영혼들을 내가 불러낼 수 있다면, 그래도 여전히 그의 명성엔 아무런 오점이 없을까?

나는 의학과 히포크라테스 이후 의학의 발전에 대해 하나하나 훑어 나가기 시작했다. 그런데 천수를 다했다는 페리클레스, 플라톤, 아스파시아, 히포크라테스 같은 고대의 위인도 보통 사람들처럼 부패나 염증이나 기생충에 의한 열병을 앓다가 죽은 건 아닐까? 그들도 사혈 치료 같은 것을 받았을까?

다른 사람도 아닌 이 네 사람을 떠올린 까닭을 묻는다면 나로선 뭐라 대답할 도리가 없다. 꿈을 꾼 이유를 설명할 수

• 프랑스의 작가.

있는 사람이 있을까? 다만 내가 말할 수 있는 건 코스의 의사●와 토리노의 의사●● 그리고 공과功過가 다분한 유명 정치가●●●를 불러낸 것이 바로 내 영혼이라는 사실이다.

부끄럽게 고백하건대, 그 정치가의 매력적인 애인●●●●을 불러낸 이는 내 영혼의 다른 짝인 타자였다. 그런데 이렇게 불러낸 과정을 생각해 보면, 다소나마 뿌듯한 기분을 금할 길이 없다. 왜냐하면 꿈에서일망정 4대 1의 비율로 균형추가 이성 쪽으로 기울었기 때문이다. 지금 내 나이의 군인치곤 상당히 높은 점수다.

어쨌든 이런 상념에 잠겨 있는 동안 내 눈은 스르르 감겼고 나는 깊은 잠에 빠져들었다. 눈이 감기자 내가 머릿속에 떠올렸던 인물들의 모습이 '기억'이라 불리는 화폭 위에 담겼다. 그리고 그 화폭 위의 모습들과 죽은 자를 소환한다는 생각이 머릿속에서 뒤섞이며 눈앞에 히포크라테스, 플라톤, 페리클레스, 아스파시아 그리고 가발을 쓴 시냐가 줄줄이 등장한다.

§

사람들은 벽난로를 중심으로 의자에 앉았고, 페리클레스만

● 히포크라테스를 가리킨다.

●● 앞서 언급된 시냐를 말하는 것이다.

●●● 페리클레스.

●●●● 아스파시아. 페리클레스의 애인이었다.

선 채로 신문을 읽고 있었다. 히포크라테스가 시냐에게 말을 건넸다.

"당신이 말한 발견들이 진짜고, 당신의 주장대로 그 발견들이 의학에 쓰이고 있다면 지옥으로 내려오는 이들의 수가 하루가 다르게 줄어드는 것을 이 눈으로 확인할 수 있었을 것이오. 그런데 내가 직접 확인한 미노스의 장부에 따르면 지옥으로 내려오는 이들의 평균 숫자가 예전과 다를 바 없었소."

시냐 선생은 나를 돌아보며 말했다.

"당신은 사람들이 그 발견에 대해 말하는 것을 들은 적이 있을 겁니다. 하비•가 혈액순환을 발견한 것도 아실 테고, 스팔란차니••가 소화작용에 관해 발견한 내용도 아실 테죠? 그 덕에 우리는 그것들이 어떻게 작용하는지 알게 되지 않았습니까?"

그는 의학에 기여한 발견들, 화학의 도움을 받아 만들어낸 치료제들을 길게 나열했고 급기야 학술 논문을 발표하듯 현대 의학을 옹호하였다. 나는 그에게 말했다.

"당신은 제가 이 위대한 분들이 방금 당신이 말한 내용에 대해 아는 바가 없으며, 그들의 영혼이 몸이라는 물질의 족쇄에서 벗어났다고 해서 자연을 바라보는 눈도 뜬구름 같

• 윌리엄 하비. 영국의 의사이자 생리학자.

•• 라차로 스팔란차니. 이탈리아의 동물학자.

을 것이라고 여길 것 같습니까?"

"아, 정말 잘못 생각하고 있어요."

의학의 아버지인 펠로폰네소스의 의사•가 외쳤다.

"자연의 신비는 살아 있는 자뿐 아니라 죽은 자에게도 감춰져 있습니다. 위대한 비밀을 알기 위해 인간은 헛되이 애를 쓰지만 그것을 아는 분은 이 모든 것을 창조하고 주재하시는 그분 한 분이거든요. 삼도천 강둑••에 앉아서 우리가 깨달은 것이 바로 그것이었습니다."

그는 시냐를 바라보며 말했다.

"제 말을 믿고 당신이 이승에서 품고 온 세속의 연은 버리도록 하세요. 오랜 세월에 걸쳐 연구하고 발견한 그 모든 것이 있음에도 인간은 자신의 수명을 조금이라도 연장할 수는 없었잖습니까. 카론•••이 나룻배로 실어 나르는 귀신의 수는 언제나 한결같으니 죽음 앞에서 의사들에게조차 쓸모없는 의술을 힘들게 변호할 필요가 없어요."

이와 같은 히포크라테스의 말에 나는 크게 놀랐다.

시냐 선생은 미소를 지었다. 증거를 반박할 길도, 진리를 외면할 길도 없는 유령처럼 그는 히포크라테스의 말에 동

• 히포크라테스.

•• 스틱스Styx. 신화 속의 강으로 '삼도천'이라고도 부른다. 하데스의 궁전으로 가기 위해 건너야 하는 강이며 이승과 저승을 가르고 있다.

••• 카론Charon. 삼도천의 뱃사공.

의할 뿐만 아니라 자신도 그 점을 늘 꺼림칙하게 여겨 왔다며 유령처럼 얼굴을 붉히며 고백하였다.

창가 쪽에 있던 페리클레스는 그 까닭이 짐작되는 깊은 한숨을 내쉬었다. 그는 예술과 과학의 쇠퇴를 예언하고 있는 『모니퇴르』지●를 읽고 있었다. 저명한 학자들은 자신들의 숭고한 신념을 버리고 새로운 죄를 지으려 하고 있었다. 부끄러움과 양심의 가책도 없이 힘없는 노인과 여자와 아이들까지 단두대에서 처형하고, 잔혹하고 무의미한 범죄를 가차 없이 저지르는 자들은 자신들을 위대한 그리스의 영웅에 빗대고 있었다. 이에 페리클레스는 치를 떨었다.

플라톤은 대화에 끼어들지 않고 가만히 듣고 있다 대화가 갑자기 끊어질 기미가 보이자 입을 열었다.

"제가 볼 때, 당신들이 말하는 위대한 인간들이 자연과학의 여러 분야에서 일궈 낸 발견들은 의학에 별 도움이 되지 않았다고 생각합니다. 그리고 의학은 인간의 생명을 대가로 치를 뿐 결코 자연의 순리를 바꿔 놓진 못했지요. 그런데 정치학 분야의 연구는 그와 같진 않았어요. 인간 정신의 본성에 관한 로크●●의 발견, 인쇄술의 발명, 역사에서 이끌어 내어 차곡차곡 쌓인 관찰들 그리고 깊이 있는 수많은 저술이 학문을 널리 대중화시켰습니다. 경이로운 발견들이 인류

●프랑스 혁명정부의 기관지. 1789년 11월 24일에 첫 호가 발간되었다.

●●존 로크. 사회계약론 등을 주장한 영국의 정치사상가이자 경험주의 철학자.

를 고양시켜 왔던 겁니다. 그리고 제가 오래전부터 구상했으나 제가 살던 시대에는 이룰 수 없는 막연한 꿈만 같았던 행복하고 정의로운 공화국이 오늘날에는 존재하게 되지 않았습니까?"

이 마지막 말에 사람 좋은 의사는 시선을 아래로 향하더니 아무 말도 하지 않고 눈물만 흘렸다. 그는 손수건을 꺼내 눈물을 닦았다. 그때 무심코 가발을 건드리는 바람에 얼굴의 일부가 가렸다. 그때 아스파시아가 비명을 지르며 말했다.

"세상에! 정말 이상한 모습이네요. 그렇게 다른 사람의 머리 가죽으로 머리를 장식하는 것도 당신네들이 말하는 그 위대한 사람들이 발견한 것 가운데 하나인가요?"

철학적 대화가 지루했던 아스파시아는 벽난로 선반에 놓여 있던 패션 잡지에 빠져 있었다. 아까부터 한 장씩 넘기며 보다가 의사의 가발을 보고선 기겁을 했던 것이다. 앉아 있던 좁고 삐걱거리는 의자가 불편했는지 그녀는 나와 그녀 사이에 놓인, 짚으로 만든 의자 위에 두 다리를 스스럼없이 올려놓고 있었다. 맨살이 훤히 드러난 다리엔 장식 끈만 두르고 있었다. 그리고 그녀는 플라톤의 넓은 어깨에 팔꿈치를 기댔다.

"이건 머리 가죽이 아니랍니다."

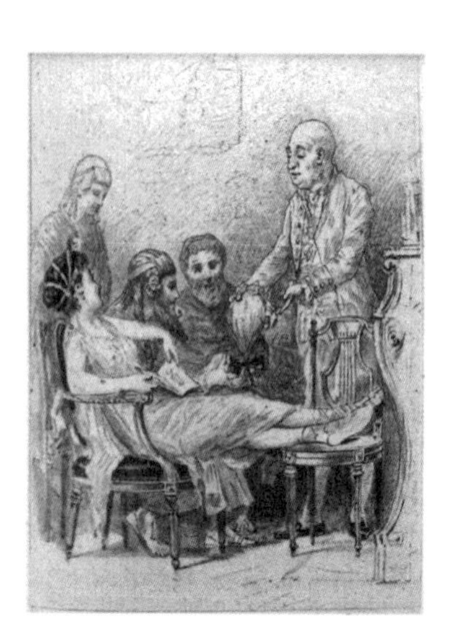

자신의 가발을 불 속으로 던지면서 의사는 말했다.

"가발이라고 합니다, 아가씨. 당신들을 만나러 올 때, 저 우스꽝스러운 장신구를 타르타로스•의 불구덩이 속으로 왜 던져 버리지 않았는지 저도 모르겠습니다. 우스꽝스럽고 편견에 사로잡힌 마음이 우리의 초라한 본성에 그리도 깊게 자리했나 봅니다. 이처럼 무덤 넘어서까지 한동안 우리를 따라다니는 것을 보면 말이죠."

나는 이 의사가 자신이 종사했던 의학과 자신의 가발을 포기하는 것을 보면서 야릇한 쾌감을 느꼈다.

아스파시아가 말했다.

"제가 지금 보고 있는 책에 나온 머리 장신구도 당신이 머리에 쓰고 다니던 물건과 똑같은 운명을 당해도 싸다고 봐요. 정말 망측하기 짝이 없어요."

하지만 이 아름다운 아테네 여인은 판화 그림들을 훑어보는 재미에 푹 빠져 있었다. 오늘날 우리가 사용하는 장신구가 그토록 다양하고 특이한 데 그녀가 놀라는 건 당연했다. 그런데 그중의 한 그림을 보고는 크게 놀랐다. 머리를 아주 우아하게 꾸민 한 젊은 여인의 모습이었는데, 아스파시아가 보기엔 머리 장식이 너무 높았다. 그런데 목 주변을 두르고 있는 천은 기이하리만치 넓어서 얼굴 반쪽이 겨우 보일

• 그리스 신화에서 명계 자체 혹은 명계를 상징하는 신을 가리킨다.

정도였다. 풀을 먹여서 이런 기이한 모양새가 된 것이라는 사실을 모르는 아스파시아로선 놀라지 않을 수 없었을 것이다. 만약 그 천이 비치는 것이라는 사실을 알았다면 앞서의 놀라움과는 반대로 또 한 번 더 크게 놀랐을 것이다.

그녀는 말했다.

"그런데요, 왜 오늘날의 여자들은 옷을 입을 때 걸친다기보다 무언가를 감추려는 것처럼 보이죠? 얼굴도 겨우 볼 수 있을 정도니 말이에요. 여자라는 것만 겨우 알겠어요. 나머지 몸의 윤곽은 천을 이상한 모양으로 만들어 덮어서 본래의 모습을 알아보기 어려울 지경이에요. 이 책자에 나와 있는 모습 중에서 목이나 팔이나 다리를 드러낸 모습은 하나도 없어요. 왜 당신같이 젊은 군인들이 나서서 이따위 의상들을 없앨 생각을 못 하고 가만히 있나요?"

그녀는 덧붙였다.

"어쨌거나 분명한 건 오늘날의 여자들이 입는 옷을 보니 그들이 갖추어야 할 덕목이 우리 때에 비해 훨씬 더 많아진 것 같긴 하네요."

말을 마친 아스파시아는 이에 대해 뭔가 좀 얘기해 보라는 듯 나를 바라보았다. 나는 짐짓 못 본 척했다. 정신이 팔린 모습으로 나는 부지깽이를 들고 다 타지 않은 의사의 가

발을 불이 활활 타오르는 장작 위로 밀어 넣었다. 그런데 아스파시아의 발 장식 끈 가운데 하나가 풀려 있는 것을 보게 되었다.

"아름다운 아가씨, 잠깐 실례할게요."

나는 이렇게 말하면서 가볍게 몸을 기울여 손을 의자로 가져갔다. 그 위에는 오래전, 위대한 현자들마저 정신을 차리기 어렵게 만들었던 다리가 놓여 있을 터였다.

이때 나는 내가 진짜 몽유병 환자가 되었다고 생각했다. 앞서 말한 나의 움직임이 너무도 생생했기 때문이다. 그런데 의자 위에 있던 것은 로진이었다. 로진은 내 손길을 자기에게 내미는 손길이라고 여기곤 내 품 안으로 뛰어들었다. 그 순간 여행용 외투에 의해 소환되었던 저세상의 유명한 사람들은 다시 죽음의 세계로 돌아갔다.

§

상상력이 넘치는 매혹의 세계여, 그대는 자애로우신 그분께서 현실의 인간을 위로하기 위해 보내 준 존재였다. 이제 그대를 떠날 시간이 된 것 같다.

오늘은 내 운명을 쥐고 있던 사람들이 내게 나의 자유를 돌려주는 날이다. 그들이 정말 내게서 그것을 빼앗기나 했다면 말이다. 그리고 그들이 나의 자유를 박탈하고 내 앞에 항상 드넓게 펼쳐진 이 넓은 세상을 마음대로 돌아다니지 못하게 한 것을 두고 순간이나마 좋아했다면 말이다. 그들은 내게 어떤 곳도 가지 못하도록 했다. 대신 그들은 내게 이 우주 전체를 남겨 놓았다. 무한한 공간과 영원한 시간이 내 뜻에 좌우되었다.

오늘 나는 자유다. 아니 다시 철창 안으로 들어간다. 일상의 멍에가 다시 나를 짓누를 것이다. 이제 나는 격식과 의무에 구애받지 않고는 단 한 발자국도 나아갈 수 없게 되었다. 그래도 변덕스런 여신이 있어 내가 경험한 이 두 세계를 다시는 잊지 않도록 해 주고, 다시는 이 위험한 연금에 연루되지 않도록 해 준다면 그보다 더 기쁜 일은 없을 것이다.

그런데 왜 그들은 내 여행을 끝내도록 내버려 두지 않았을까? 나를 방에 가두는 게 벌을 주는 것이라고 생각했던 것일까? 세상의 모든 부귀영화를 간직한 이 멋진 공간에서 말이지? 쥐를 광에 가두는 것과 무엇이 다를까.

이제 나는 내 자신을 이중적 존재로 보지 않고서는 제대로 나를 볼 수 없게 되었다. 상상으로 누리던 즐거움이 그리울 때면 나는 어떤 힘으로부터 위안을 받는 것을 느낀다. 그

은밀한 힘은 나를 인도한다. 그는 내게 속삭인다. 내겐 탁 트인 대지와 하늘이 필요하고 고독은 죽음과 같다고 말이다. 채비는 끝났다. 나의 문은 열렸다. 포 가街의 널따란 회랑 밑을 거닌다. 수많은 정겨운 유령이 내 눈앞에서 오간다. 그래, 이건 저택이고, 문이고, 계단이다. 벌써부터 짜릿한 기분이 든다.

레몬을 자르기만 했을 뿐인데 이미 혀에서 신맛이 도는 것과 같다.

오, 나의 동물성이여, 몸조심하기를!

역자 후기

작가와 작품에 대하여

1

『내 방 여행하는 법』은 1763년에 태어난 그자비에 드 메스트르가 1794년에 쓴 책이다. 그 두 시점 사이에 프랑스 대혁명이 존재하며 이 사건은 유럽 전체를 격동의 도가니로 몰아넣었을 뿐만 아니라 이 책을 쓴 저자 개인에게도 깊은 영향을 미쳤다. 사보이아의 귀족 가문 출신으로서 그는 프랑스 혁명이라는 사건을 참으로 불온하게 바라보았고 그 토대가 된 계몽주의 사상을 혐오하였다. 이 책에서도 그의 그런 태도가 격정적으로 잘 드러난다. 비록 정치적으로는 왕정주의자였지만, 그는 전통적인 르네상스 인본주의와 그

당시 새롭게 떠오르던 낭만주의에 경도되어 있었다. 어린 시절의 드 메스트르는 조용하고 수줍음 많고 혼자 공상에 빠져 있길 좋아하는 아이였고, 청소년기를 거치며 문학, 회화, 음악 등에 두루 깊은 관심을 나타내고 자연과학 분야에도 왕성한 지적 호기심을 보였다. 그러나 혈기와 모험심도 못지않아서 열여덟 살에 사관후보생으로 입대하여 평생 직업 군인의 길로 들어섰다. 군인이 된 후 그는 몽골피에 형제가 발명한 열기구에 자원하여 올라타는가 하면, 목숨을 건 결투도 서슴지 않았다. 군인으로서 생사를 넘나드는 수많은 원정과 전투에 임했던 것은 말할 것도 없다.

2

『내 방 여행하는 법』의 저자는 샹베리에서 태어났다. 오늘날 샹베리는 이탈리아와 스위스에 인접한 프랑스 사부아• 지방의 주도다. 한때 샹베리는 1416년에 사보이아 가문이 세운 사보이아 공국의 주도였고 사보이아 공국은 신성 로마 제국 내 여러 공국 가운데 하나였다. 그러다 주변 지역을 병합하며 나라가 커지자 사르데냐 왕국에 이어 사르데냐-

• 사부아Savoie는 프랑스식 명칭이며, 이탈리아식 명칭은 사보이아Savoia다. 그리고 영어식 명칭은 사보이Savoy다. 이 책에서는 이탈리아식 명칭을 사용하기로 한다.

피에몬테 왕국으로 국호가 바뀌었고 따라서 주도도 바뀌었다. 훗날 사르데냐-피에몬테 왕국은 이탈리아 반도를 통일하여 이탈리아 왕국을 세우는 데 중요한 역할을 했다. 그러나 예로부터 프랑스와 맞닿아 있던 탓에 프랑스의 침략과 지배를 수차례 받았던 사보이아 지방은 1860년 토리노 조약에 의해 영원히 프랑스 땅이 되고 말았다. 프랑스가 이탈리아 통일을 지지해 준 대가로 사르데냐-피에몬테 왕국이 그 지방 대부분을 프랑스에 넘겨 버렸던 것이다. 1852년에 세상을 떠난 드 메스트르는 자신이 나고 자란 조국이 프랑스에 복속되는 것을 목격하지는 못했다. 하지만 1792년에 프랑스 혁명군이 사보이아에 쳐들어왔을 때, 그는 사르데냐-피에몬테 왕국 군대의 장교로서 프랑스군에 맞서 전투를 벌이기도 하였다. 물론 혁명군의 기세에 사르데냐-피에몬테 군은 사보이아 지방을 내줄 수밖에 없었고, 그곳은 1815년 빈 회의의 결정에 따라 다시 영토를 돌려받을 때까지 프랑스의 지배를 받아야만 했다. 『내 방 여행하는 법』이 쓰이고 출간된 것은 프랑스 혁명군이 사보이아를 점령한 바로 그 무렵이었다.

3

『내 방 여행하는 법』의 집필은 우연이었다. 고향 사보이아에 돌아갈 수 없게 된 드 메스트르는 왕국 내 다른 도시나 외국에 머물렀는데, 1790년 토리노에서 피에몬테 출신의 장교인 파토노 드 메이랑과 결투를 벌였다. 결투는 불법이었기에 그는 42일간의 가택연금형을 받았다. 방 안에서 옴짝달싹 못하게 된 참에 무료를 달래고자 글을 쓴 것이 4년 뒤 『내 방 여행하는 법』이라는 책으로 묶여 출간되었으니, 직업 군인이었던 그가 작가의 길로 들어선 건 우연이었다. 그리고 이 책의 출간 역시 우연이었다. 드 메스트르가 저명한 정치사상가였던 형 조제프에게 그냥 원고를 보여 주었을 뿐인데, 형이 알아서 익명으로 책을 출간하였던 것이다. 작가로서의 길은 이처럼 모든 게 우연에서 비롯되었으나 그는 그 후 『한밤중, 내 방 여행하는 법』(1798), 『아오스타의 나병 환자』(1811), 『시베리아의 젊은 여인』(1825), 『캅카스의 죄수』(1825) 등과 같은 책을 더 썼다. 그런데 그에겐 군인과 작가 말고도 또 하나의 길이 있었으니 바로 화가였다. 샹베리 미술학교에 다니기도 했던 그는 러시아군 장교로 상트

페테르부르크에서 복무할 때, 인물화와 풍경화를 주로 그리는 화가로도 활동했다. 경제적으로 어려움에 처했을 때는 화실을 열어 사람들에게 그림을 가르치거나 초상화를 그려주는 것으로 생계를 꾸리기도 하였다. 그의 그림들은 오늘날 샹베리 보자르 미술관 등에 전시돼 있는데, 작가가 책에서 유독 그림 얘기를 많이 하고 그 조예가 깊은 데는 이런 배경이 있는 셈이다.

4

자신의 정체성을 이탈리아에 두었던 사보이아 출신 작가가 쓴 『내 방 여행하는 법』은 프랑스어로 쓰였기에 프랑스 문학작품으로 분류한다. 프랑스에 합병되기 전까지만 해도 사보이아는 정치적으로 독립된 나라였지만, 이미 사보이아 지방은 15세기부터 프랑스어를 공용어로 사용했으므로 드 메스트르가 프랑스어로 글을 쓴 것은 자연스러운 일이었다. 그리고 이 책은 18세기 문학사에서 여러모로 선구적인 작품 가운데 하나로 꼽힌다. 100여 쪽 남짓한 분량에도 불구하고 온갖 형식과 주제가 분방하고 경쾌하면서도 깊은 여운을 남기는 문체에 녹아들어 훗날 수많은 위대한 작가들에게 영향을 미쳤다. 벵자멩 콩스탕, 표도르 도스토옙스키, 프리드리히 니체, 마샤두 지 에시스, 마르셀 프루스트, 알베르 카뮈, 호르헤 루이스 보르헤스, 수전 손택 등은 이 작품을 극찬하거나 그로부터 받은 영감을 자신의 작품에 직간접 반영하기도 했다. 그 가운데 손택은 이렇게 평했다.

"18세기 말은 근대성(정확히 말하면 근대성의 여러 움직임)이 시작된 시기다. 그 빛의 세기에 활동했던 천재 작가들로 우리는 스턴, 디드로, 루소 같은 이들을 꼽는데, 그자비에 드 메스트르만 아직도 미지의 작가로 남아 있거나 제대로 된 평가를 받지 못하고 있다. 그런데 그의 걸작이라 할 수 있는 『내 방 여행하는 법』은 문학사상 가장 독창적이면서도 거침이 없는 자전적 산문이다."

내 방 여행하는 법:
세상에서 가장 값싸고 알찬 여행을 위하여

2016년 3월 24일 초판 1쇄 발행
2022년 1월 24일 초판 6쇄 발행

지은이 그자비에 드 메스트르
옮긴이 장석훈

펴낸이 조성웅
펴낸곳 도서출판 유유
등록 제406-2010-000032호(2010년 4월 2일)

주소 서울시 마포구 동교로15길 30, 3층 (우편번호 04003)

전화 02-3144-6869
팩스 0303-3444-4645
홈페이지 uupress.co.kr
전자우편 uupress@gmail.com

페이스북 www.facebook.com/uupress
트위터 www.twitter.com/uu_press
인스타그램 www.instagram.com/uupress

편집 안희주
디자인 이기준
마케팅 황효선

제작 제이오
인쇄 (주)민언프린텍
제책 책공감
물류 책과일터

ISBN 979-11-85152-45-5 03860